三秋印象

三秋◎著

知识产权出版社
全国百佳图书出版单位
—北京—

图书在版编目（CIP）数据

三秋印象／三秋著．—北京：知识产权出版社，2023.8
ISBN 978-7-5130-8642-4

Ⅰ.①三…　Ⅱ.①三…　Ⅲ.①散文集—中国—当代　Ⅳ.①I267

中国国家版本馆 CIP 数据核字（2023）第 002780 号

责任编辑：刘　雪　　**责任校对**：王　岩
封面设计：杰意飞扬·张悦　　**责任印制**：刘译文

三秋印象

三　秋　著

出版发行：知识产权出版社有限责任公司	网　　址：http://www.ipph.cn
社　　址：北京市海淀区气象路 50 号院	邮　　编：100081
责编电话：010-82000860 转 8112	责编邮箱：jsql2009@163.com
发行电话：010-82000860 转 8101/8102	发行传真：010-82000893/82005070/82000270
印　　刷：北京九州迅驰传媒文化有限公司	经　　销：新华书店、各大网上书店及相关专业书店
开　　本：720mm×1000mm　1/16	印　　张：14.5
版　　次：2023 年 8 月第 1 版	印　　次：2023 年 8 月第 1 次印刷
字　　数：198 千字	定　　价：68.00 元

ISBN 978-7-5130-8642-4

他序

我曾在铁路设计院基层科室研磨过自己的专业技术本领，亦曾全面主持铁路设计院工作。因此，如果让我对铁路勘察设计相关问题发表看法、提供咨询，自信能做到知根知底！因为我对之非常熟悉。

一天，周云问我能否为他的文集《三秋印象》作序，我先是愕然，然后欣然答应。同样，因为我自觉了解他，对他所写文章亦自信不太陌生。

初识周云，是在湖北武汉。因我二人师出同门，又先后分配到铁路设计院同一科室工作，便有了与他长达十余年的共事及30多年的相知过程。

20世纪80~90年代，我们都还年轻，朝气蓬勃，但作者却似乎显得特别一些：不妄言、不掺和人事；甚少参与棋牌娱乐，但工作应分之事，无论多难，都能在他那里得到较好的结果。可以看出，年轻时候的他力争做一名好员工，他做到了。

既然少了八面玲珑的应酬，就存了独自思考、写作文章的机会，是故尽管日常工作多且杂，但他一直在做忙里偷闲的努力，只不过我们不知道而已。显然，本书的顺利出版，证明他的努力没有白费。

《三秋印象》共计收录作者71篇短文，写作时间跨度达30余年，大部分文章乃作者2013年之前在武汉工作期间写就，少数几篇是作者在2013年至北京工作后所著。文章多，且在时间、立意上有跳跃，但均因有我熟悉的友人昔日生活和工作的影子而让人倍感亲切。例如《往事》《寻找沈从文》《慢性病》《理解幸福》等文章，处处充斥着我们曾经的生活、工作气息；《北京的雪》《疼痛》《生命之旅》《活着》《花非花》等文章，亦有我熟悉的时代痕迹；《满足与不满足》《力》《丈量生死距离》《命不由己》《生来死去》《人生四季》等文章，为作者经历亲人生病、去世后对生命的感悟；其他文章，无不是作者对人生、社会的认知，充满思辨色彩，例如《对与错》《白发黑发》《欲望与孤独》《聪明与狡猾》《欲望与道德》《过程与结果》《记忆与遗忘》《笑与哭》《静与动》《幸福与痛苦》《希望与绝望》，等等。显然，这些文章不好写，太过熟悉的人与事，老生常谈，要赢得喝彩并非易事！但作者认真地写了，并不乏新颖独到的见解。

掩书默想，总体有这样的感觉：作者对事刻意思辨、认真探索；对人用情真挚、饱含忧患。这些无疑是人间宝贵的精神和作者的责任，也自然成了本书的特色和作者为人处世的特点。

当今世界可以用两个字概括：一个是快，万事都处在快速变化之中；一个是慢，凡人都在追求生活的慢节奏。基于此，我一方面希望作者继续钟情于写作并坚持自己的写作特色，笔耕不辍、矢志不渝地写出更多立意深刻的文章；另一方面希望作者可以轻装上阵，在安详和平、春光明媚的日子里，不慌不忙地为读者奉献快意轻松的文章。皆大欢喜，何乐不为！

是为序！

李寿兵

自序

我的父亲，是那个时代农村里为数不多的文化人之一，他是村里的第一个初中生、黄埔军校的第 17 期学员，新中国成立后，是一名乡村教师。但当我知道这点过往的时候，他已经在生产队猪场养猪了。

历史复杂，注定父亲一生坎坷。

然而，父亲却不甘于命运。有一次，他郑重地对我说："你可以学一门外语，翻译人家的文章总是可以的。"

我那时还小，一脸茫然，未曾懂得父亲的心思。

20 世纪 80 年代，在父亲的严格要求下，我竟考上了大学，成为村里的第一个大学生。这自然是一件了不起的事情。村里给我奖励了几百块钱的学费，还专门为我放了一场电影。

我所上的学校是中国著名的交通大学，所学专业为铁道航空勘测。自上学那天起至今，我的一生都在跟铁路打交道。欣逢伟大时代，作为一名铁路工程师，我有幸参与并见证了中国铁路从落后到辉煌的发展过程。

然而，一路走来，尽管工作繁忙、无暇他顾，我却时常心神不宁，总觉得生活缺点什么，以至于有时竟食不甘味甚至寝食难安。

后来，我终于明白自己惶恐不安的原因，我上了四年大学，外语的门槛最终还是没有迈过，翻译他人的作品更是无从谈起。

于是，苦闷之余，我自忖作为中国人，国文虽难言扎实，说几句中国话应该是可以的。何况，而今也不必再如父亲那般担心“言多必失”，私以为，拯救自己的唯一办法仅剩“握笔著文”了。

多年来，由于自己在外奔波时多，安顿停留时少，又因自己的责任心大半放于工作上，写作一事虽心有所系，却未有连续。更因自己没有七步成诗的天赋异禀，我很快发现，写作好难，写好一篇文章更难。

幸运的是，困难虽大，但多年的理想一直支撑我坚持了下来，写写停停，停停写写，信马由缰，东拉西扯，多年过去，我竟发现自己也积累了数十篇文章。

然，我自知词无精妙、意少新颖，如此文章，何以示人？于是，这些文章便在我的心虚和自卑中，沉寂了许久。直至2020年，我的人生有了些许变化，于是我终于有了勇气，决定将这些浸染着我的快乐和痛苦的文字，冠之以《三秋印象》欲付梓刊印。

“三秋”者，吾之乳名也。乳名乃父母所赐，故将其位列书之首页以纪念父母，觉得很是合适。“印象”者，标明了我所思所想的真实分量，既可深刻，亦可肤浅，即使读者读来无一丁点儿异香，也可一笑置之，超然待之。

做如是想，我终于放下了悬着的心，并开始了进一步的行动。

本书最终得以顺利出版，要感谢中铁工程设计咨询集团有限公司李寿兵董事长的支持，感谢中国专利报社夏国红副社长的鼓励，感谢知识产权出版社张华山副主任的特别引荐，感谢知识产权出版社齐梓伊主任、刘雪老师的耐心指点。

夙愿成真，幸甚至哉！但我明白，人生不管是顺遂的，还是不如意的，滴水之恩，自当永不相忘。真诚感谢这个美好的时代，感谢所有帮助我的人！

目录 CONTENTS

1 往事

我参加工作的第一站是湖北省武汉市。

彼时，我刚到单位上班，对这座城市并不熟悉，时间也多，闲暇时便常常一人四处闲逛。

盛夏的某个周日，我闲逛到了武昌司门口。司门口以及中华路码头，是武汉市颇有历史底蕴和故事感的地方，人多且热闹。

人多热闹之地，必有商人踪影，兜售旧服装的摊位早把司门口马路边的人行道占满。

场面壮观，各式旧衣服黑压压一片，路过的行人只能迷宫样穿行。当然也有驻足探视，品评衣服的人。而有心购买者，只要一声喊："衣服么样卖?"便立即有肩搭毛巾、袒胸露背的男人或者摇着蒲扇懒散的女人从浓密的悬铃木树荫下走过来。虽大多交易不成，但每日总有成功的几单交易。这便是商贩们头顶烈日、担惊受怕仍坚持的理由。

受限于当时人们的经济基础和认知，这些来路不明的旧服装如西服、羊绒大衣等，因为模样光鲜、价格便宜，购买者无不喜形于色，商贩自然心花怒放。

突然，我一个趔趄，回头一望，自己不小心把一个挂衣服的支架绊倒了，我连忙回身将支架扶起，庆幸自己绊倒的只是独立的衣架，并没有发生可怕的连锁效应。然而，我心里愧疚，在扶起支架的同时，本能驱使我想立即道歉。

抬头四望，我并没有发现衣架的主人，惶恐的我便准备离开。

“回来!”我的身后突然传来一声尖叫。

我心里一紧，喊谁呢？是在喊我吗？心虚的我不敢回头。

“叫你回来!”声音近了，且带有阴狠之气。

我惊恐地回头：“喊我吗？”

“不喊你喊哪个？”一个本地口音，身材瘦小，戴着深度近视眼镜的中年男子从旁边荡过来。

“么样，就这样走啊？”来人冲我吼叫。

“对不起！是我不小心。”我知道他是衣架的主人。

“不小心你也不能走!”男人眼露凶光。

“对不起啊！我给你道歉。”我的心跳开始加快，我感觉自己今天遇到麻烦了。

“对不起就算啦？拿钱来!”男人已经凶到我跟前了。

“拿钱？您没有损失啊？我也给您道歉了！总要讲点道理吧!”谈到钱，彼时囊中羞涩的我自然本能地拒绝。一个刚参加工作的人能有多少钱呢？

“讲道理你就更不能走!”男人一把揪住我的上衣，恶狠狠的样子像是要吃掉我。

男人声音很大，周围人渐渐围拢上来：有过往的行人，有买衣服的人，更多的是瘦小男人坐贾的同行。无疑，他们都是一群看热闹的人。

我感到了从未有过的尴尬：讲理？正可谓“秀才遇到兵，有理说不清”。打架？这个年龄比我大、身子比我矮的商贩敢如此猖狂，依仗的可是人多势众。何况，陌生口音的我处在陌生的地方，我感到了害怕和无助。我多么希望，此时能得到他人哪怕丁点儿的帮助：劝架、说句公道话等。但，没有！他们你挤我攘、睁大眼睛兴奋地望着恐惧的我与凶狠的商贩，他们生怕错过

“好戏”。

短短几十秒的对峙后，我最终吞下眼前的屈辱低头了：“你要多少钱?”

“20元!”男人一脸奸诈。

20元钱，几乎是当年我半月的工资数目了。昨天刚发的工资正躺在我的口袋里，我极不情愿地将50元钱递过去：“你找钱!”

男人松开手，一把扯过钱，盯我一眼后，把钱在他近视的眼前抖出声响，这是崭新的50元!

他的笑虽让我感到厌恶，但我想，拿到钱的他应该心满意足了，可以息事宁人了。

然而我错了，他没有!

他收起似笑非笑的样子，冷了脸，当着我的面将50元崭新的纸钞慢慢撕成两半，然后狠狠地扔在地上：“找你钱？滚!”

“你!”我头脑一热，愤怒地向他扑去，我不知道自己何以突然有了如此胆气。

眼看一场后果难料的冲突即将爆发，周围终于有人感到不妙，毕竟他们只是想看戏，并没有想把事情闹大，便一起上来生硬将我们分开了。嘈杂声中，我听到有人对矮个子商贩说：“猴子，闹过了!”又有人将什么塞到我手里说：“小伙子，钱还给你了，算了，算了！快点走吧，你惹不起他。”我被一群人推搡着朝远处走去，转身的瞬间，受辱的泪水已夺眶涌出。

这是我年轻时，一个平常日子发生的一件“不平常”的往事。但它困了我很多年。那句恶毒的骂言，那个叫“猴子”的矮个子商贩狰狞的模样，从此在我脑海里时常显现。每当这时候，我的心便如凌迟般痛苦!

司门口和中华路是武汉正经八百的码头地段。那个年代的码头是商业兴隆之地，也是孕育流氓无赖的渊薮。因此，我的遭遇并非事出偶然，那个名叫“猴子”的矮个子商贩，只不过是昔日码头景象的代表而已。

与无数更可怕的事件相比，这件往事虽让我难以释怀，却也不过是社会诸多不良现象中极微小的缩影而已。何况在现实中，那个矮个子商贩并非十足的作恶多端之人。在瞬息万变的时代背景下，他应该也有需要正义的时候，也会抱怨自己没有得到公平对待并极力主张和奢望社会充满公平、正义。

但是，让我万分不解的是，为什么身处社会底层、身怀正当理念诉求的他，为什么会毫无羞赧甚至“勇敢”地以践踏“弱者”尊严为乐事呢？

达尔文的生物进化论有一个著名的观点叫“自然选择”。自然界的一切物种都经历过自然选择。适者生存，动物依靠弱肉强食使物种得以幸存，欺负弱者是动物的本能。

人类也有欺负弱者的本能吗？

人当然是动物，当然也是自然选择的结果。但是，人又是特殊的动物，人类奉行的公平、正义、友善是人与其他动物的根本区别。

然而，环视古今，那个矮个子商贩的言行却绝不是罕见孤品，很多地方、很多时候，过去、现在，我们都能看到这些人丑恶的身影与恶毒的言行。据此，我只能说，公平正义、诚信友善并非人类天生的美德与本能。这是人追求德性、约束自己的规矩。

追求公平正义、建设和谐友善社会，教育很重要，监督很重要，法治也很重要。

只有通过组合力量，才能使公平正义、和谐友善在每个人身上成为习惯、形成条件反射，并终让拥有动物本能的人成为一个有正义感、愿伸张正义、可享受正义且和谐友善的人，而不是恃强欺弱、横行无忌的“动物”。

据说，干净的城市，会没有人随便丢垃圾；若一个城市很脏，那么人们便容易随便丢垃圾。在心理学上这叫“从众心理”。依此，我们可以得到某种启示：为减少人违背公序良俗的陋习，我们必须在“公平”上狠下功夫，主动关心那些因各种原因生活于社会底层的人，帮助他们解决实际困难，使其成为有体面工作、能过体面生活的人，这是全社会的共同责任。如此，类似“猴子”的人也会因心中充满阳光而善良。社会上那些阴暗的龌龊才会越来越少。

2 北京的雪

印象里，北京的冬天很多年没下一场像样的大雪了。应分的事没有发生，自然不自然，人便会焦虑。

2020 年新年，北京的第一场大雪是从 2 月 5 日开始至 2 月 6 日上午结束的。持续时间长、雪量大，算得上是北京近年少有的大雪。我很欣喜。

2 月 14 日，天气预报说北京又有大到暴雪。我早上拉开窗帘，却见只有稀稀拉拉的雪花在空中飘飞。正疑惑间，雪花应约似的密实且翻腾起银灰色的浑浊。不多久，窗前雪松勒出道道低垂雪脊，门前汽车披上渐厚雪氅，远近路面、屋顶、树木砖瓦全部躲进了银色的世界。

眼前景致，让我仿佛看见了家乡冬天的雪后麦地的广阔无垠和农民脸上挂着的笑脸。朦胧中又仿佛有大人孩子、男人女人在雪的世界尽情玩耍，追逐嬉闹，堆起各式的雪人……

然而，这仅仅是我美丽的想象而已。眼望窗外白色世界，我只能孤独地坐在紧闭的窗前，任美丽的雪花在空中洒落。病毒肆虐，不能出门、不能下楼，当然更谈不上与雪共舞。不单单是我，几乎所有爱雪的、不爱雪的北京人，此时此刻亦只能如我一样或坐或站在自家窗前观景，一任雪花飞舞在空旷的街道、寥廓的原野。

雪以独有的色彩和风姿，在中国享有特别盛誉。从古自今，无数描写雪、雪景、人与雪故事的中国诗词典章数不胜数。

中国最著名的赏雪故事发生在4世纪中叶，冬天雪日的某一天，东晋名士谢安向文人墨客抛出雅问："白雪纷纷何所似?"才女谢道韫谪仙妙答："未若柳絮因风起。"一时间，不仅咏絮才女声誉鹊起，更把文人赏雪、咏雪、爱雪的独有雅趣深深镌刻在中国人的骨子里。

洁白、曼妙、轻扬的雪花以少女般的温柔一直享受国人怜爱和赞美，它的纯净似乎应该与人间丑恶不沾边，更与可怕的残忍、死亡等不祥字眼或境况毫不相干。

然而事实上，雪却拥有强大而可怕的力量，并常常与死亡联袂。君不见，中国众多故事中，以及许多世界著名事件，都与雪密切相关。

明朝小说《水浒传》中"风雪山神庙"章节，元朝杂剧《窦娥冤》中窦娥之怨，它们不幸丰碑的确立，雪功莫大焉。志愿军"冰雕连"英雄、"草原英雄小姐妹"等故事震撼人心，故事中看似温柔的雪充当了无情的杀人凶手!

海明威在《乞力马扎罗的雪》中这样写道："乞力马扎罗是一座海拔一万九千七百一十英尺的常年积雪的高山，据说它是非洲最高的一座山……在西高峰的近旁，有一具已经风干冻僵的豹子的尸体。豹子到这样高寒的地方来寻找什么，没有人作过解释。"故事中，弥留之际的哈里托梦死在积雪的乞力马扎罗山顶时，他的意识是海明威对"雪与死亡"的理解。

攀登并登上世界屋脊珠穆朗玛峰是无数登山者的夙愿。

自20世纪中叶以来，登上珠穆朗玛峰的人不在少数，但因此死亡的人数也不少，尤其近十几年来，虽有数千人成功登上珠穆朗玛峰顶，却也有数百人命丧途中，至今仍有100多具尸体横陈在珠穆朗玛峰的死亡地带与长年不化的皑皑白雪永久做伴。他们意欲挑战雪山的极限，雪山让他们死得其所。

文人雅士可以玩雪、赏雪、咏雪，极尽人与自然之乐趣。但是，当人欲与雪亲密共舞的时候，雪也可能一反常态：伤人、杀人毫不留情。

我突然思维错乱起来。

热与寒均为人类可怕的对手。假若一个人不幸热死在非洲撒哈拉沙漠腹地，人们可能认为很正常，即使被谈起也往往不是流传久远的悲惨故事。而假若一个人冻死在南极、北极严寒地带，却注定能成为被人们咀嚼多时的新闻故事，这是为什么呢？

中国有个著名的成语叫“叶公好龙”。人们都知道叶公太过虚伪，可事实上，千百年来我们是不是冤枉叶公了？叶公喜好龙不假，可当龙真的来了，若与之亲密相拥，则可能性命不保啊！是故“逃跑”应该是叶公一生所做的最英明的决定。

“我们到外面照张相吧，好多年没见这么大的雪了！”女儿不知什么时候突然站在我的身旁。

“你还敢出去玩雪？”我惊诧地望着她，笑了笑，说道：“还是保持距离吧，病毒肆虐啊。”

3 秋风起兮

北风渐紧，黄叶匝地。人类忙于收割，动物储存冬粮。秋天以特有秉性展示自然的和谐。

壮志未酬，华发已生，人生意难平，恰似秋蝉哀鸣！当人生被文人们与秋天、秋风、秋雨联系起来，便让人对自然之秋爱恨交加数千年，还营造出了寄托人间思绪的特别港湾：悲秋！

自春秋战国始，或许更早时间，中国人的悲秋情节便开始高强度、不间断地俘获无数华夏子孙滚烫的热泪、哀婉的呻吟、勃然的激昂！

悲秋是中国文人耕耘的一块特别土地。无数立意悲秋的不朽华章，成就了中国文人的卓尔风采。那缕缕不绝、忧愁缠绵的悲秋人文之美，不仅凸显了中国文人思维意趣的独特芬芳，也让无数古往今来的中国人享受了中国独有的悲秋意趣。

秋天来临，秋风乍起，农民满足于金黄色的粮食入仓，商人满足于货达三江、商业兴旺，学子满足于秋闱后的仕途高举。总之，秋天是自然赐予人类的收获和丰收的季节，为何要悲秋呢？

然，世间不如意事常之八九，即使在收获的季节，一无所获也是自然永恒的规律，哀鸿遍野并不是秋天的稀客。何况大雁南归、北风已临，秋天后面的冬天意味着寒冷、死亡，收获与死亡联袂，这是多么残酷的自然和人生。当一些人因为收获而载歌载舞的时候，有些人满脸愁绪，哀吾生之须臾，羡长江之无穷！秋天以自然之力让一些人特别是落魄者在无可奈何中长吁短叹。

因丰收得意忘形，因无望而碌碌无为，此乃中国人悲秋港湾的独特。

悲秋意趣之所以迷人，并非仅仅是文人营造的无聊缠绵，更不是为懒于奋斗、耽于哀叹者营造的逃避场所。悲秋是奋斗者的号角，壮志未酬者的加油站。奋斗再奋斗的悲秋情怀，成就了古往今来无数雄才大略者的辉煌人生。唐朝诗豪刘禹锡“自古逢秋悲寂寥，我言秋日胜春朝”的诗句，恰似沧海一声笑，豪情万丈。在诗人看来，当秋天来临，悲秋从来不是人消沉的理由，而是立雄心、树壮志、建伟业的又一个好日子。

悲秋真谛唯其如此矣！

让我们把高亢的悲秋赞歌送给古往今来的伟人吧。

207年秋天，曹操北征乌桓，获胜班师途中登临沧海之滨碣石山。曹操志得意满、豪气冲天，写下了壮丽诗篇《观沧海》，此作被誉为文学史上建安风骨的代表作。这一年，曹操52岁，乃其人生暮年之始。然而一千多年过去了，曹操横槊赋诗《观沧海》虽写满悲秋，透出的却是“老骥伏枥，志在千里，烈士暮年，壮心不已”的雄心壮志，激励和温暖了多少不甘寂寞、渴望卓越的人们。而曹操期盼华夏一统，不畏南征北战，依凭其威名成就了一代枭雄。

1954年盛夏，时年61岁的伟大领袖毛泽东写下了豪迈的诗篇《浪淘沙·北戴河》。毛泽东同志一生为中华民族的独立和国家解放建立了不朽的功勋。61岁，他怀古吟今、壮怀激烈，写下“萧瑟秋风今又是，换了人间”的豪迈诗句，毕现毛泽东同志旷世伟人风范和深谙悲秋旨趣的应有风采。

星移斗换，自然永恒，人间万事，喧嚣繁复。

秋风起兮，闻鸡起舞者、夙兴夜寐者、老骥伏枥者谁？

4 时间随想

我的少年时代，急促的上课铃响，最是孩子不愿听到的声音。当值日教工庄严地举起铁棒敲打悬着的半截钢轨，咚咚声响便不紧不慢地从教工身边发散开去。原本杂乱无序的孩子们便忽地飞奔着、喘着气齐刷刷涌向教室，最后冲进教室的那个男孩一定不忘惊魂未定地嘀咕："呵呵，差点儿迟到，吓死我了！"

铃声再次响起，那是下课的天籁之音，再没有比下课铃响更让孩子们心花怒放了。站在讲台的老师还没合上疲倦的双唇，一个冒冒失失的男孩已然箭一样冲出教室。"回来！"老师一声大吼。那个孩子在全班的哄笑声中360度回旋趔趄地回到座位。"慌啥？"老师似笑非笑地盯紧男孩，男孩早已手脚无措、绯红满面！然而片刻后，"下课"两个字便从老师刚合上的嘴唇蹦出，教室外钢铁的撞击声亦正好发出最后渐弱的颤音。喧闹的人流中，窘迫的男孩已是冲出教室的第一人，但奋勇争先的人从不缺席。

依靠悬挂空中的半截钢轨报时，是昔日贫穷山区学校特有的方式。之后，学校里的钢轨击打声被自动化电铃代替直到今天。

随着时间，离开学校走向社会，走进某一个集体，是大多数人的人生轨迹。学生长大成人，铃声已然换了无数，钟表走向前台，更有管理者制定的规章制度不怒而威——这是比钢轨击打声、电铃急促声、钟表滴答声更让人敬畏的无言文字。

现在，随便走进一户人家，工艺品般精美的座钟或者造型优美的挂钟往往是厅堂的标配。时钟古板、忠诚的报时，确实让“自我虐待者”得到了他们认为的最大“满足”。

事情远没有结束，习惯守时的人们没有停止“自虐”的努力。带着闹钟、座钟、挂钟出门做事自然不方便，一枚轻便的手表便缠上了人的胳膊。孙悟空的紧箍咒被骗戴上头再也取不下来，手表却是人们自愿戴上不愿意取下来的物件。手表陪伴主人上班下班、工作休息，虽有彰显身份的额外功用，亦为主人生活工作提供方便，但监督主人遵纪守时却是手表的真正责任。

不管是心甘情愿还是牢骚满腹，人们称臣于时间最为虔诚。

什么是时间?

注意到时间的，是人类自己。

春夏秋冬、白天黑夜；太阳升起落下、月亮阴晴圆缺等有规律的存在，是自然的脉动。它们掌控万物生死。于是敬畏它们成为人类高度的自觉，并逐次发明了各种顺应自然的计时方法应和之。至此，人类再也离不开时间了，时间成为人类生存的重要概念，是可供人类使用的重要资源。

人在意时间，时间就在我们身边。

人忙碌的时候，感觉不到时间的存在，时间总是绝尘而去，过后必定留下固化的流逝痕迹不可逆转。它能让我们笑或者哭，让我们哀叹或者欣喜，就是不能重新来过。

人没事干的时候，总是发现时间在飞速流失。

人有时能放走大把时间不觉可惜，有时却不能容忍丁点时间的浪费。譬如，一个人浑浑噩噩了一辈子，只有将死的时候——那是极短的时间，才后悔自己一生蹉跎无为，才感觉到争分夺秒的必要。大文豪欧阳修亦曾曰：余平生所做文章，多在“三上”，乃“马上、枕上、厕上”也。

时间，看似简单却高深莫测。

在普通人的眼里，时间是实实在在的约束，是真实、自然的存在。时间以日历翻页告诉人们年月日的逝去，以钟表的滴答声告诉人们时分秒的流失。以此类推，欲望难以实现、美好转瞬即逝、悲伤难以愈合等万千变化，时间都是变化方程中的变量。时间变量越大、离死亡的距离越短、人们的心越慌。时间似人类手中越勒越紧的绳索，冷酷而无情。可笑的是，人们总是喜欢用最美的花纹来装饰勒死自己的绳索。

然而，在智者眼里，时间是深不可测的。对宇宙来说，时间既无开始也无结束，更无长短。我们每天在意的时间只是我们描述世界的工具而已，没有什么实际意义。甚至于，存在也只是一种虚幻，时间当然也归于虚无。

过去的已经不在，现在的转瞬即逝，将来的永不知道。造成如此存在的困惑，科学家说是因为光以 30 万公里的速度飞奔离开我们而造成的。如果把人作为一个反射光的物体，理论上，若某一天人置身于比光速还快的存在中，那么人便可以看到过去的自己，至而看到所有发生的历史，并可以随着当下的心情对历史事件实施改变。这奇诡的事情，但爱因斯坦斩钉截铁地说：绝不可能发生！人类既不能永生，也不能穿越——至少目前我们还是这么认识、相信的。

对时间的追根求底，让我们终于虚无的迷茫。其实这些玄而又玄的东西跟我们平常人关系不大！时间于人很公平：长短一样、快慢一样、意义一样，如果非要说不一样，人类自然坚守着的浩然长存精神很重要。有的人生命很短但能永生，有的人生命很长但转头空无。

充分利用时间的属性把控自己和生活乃人间悠悠万事。这是我们继续探索时间虚实的最大理由。

5 蝜蝂新说

年过半百，腿脚时常发凉。自忖年老体衰症候，是病非病之疾，故听之任之时久。

凡医生，病如仇人，不把病人治好，医生不会罢休。治好病人的病是医生最幸福的事情。是故，从来没有医生不对疾病、病人上心之说，却总有病人不把自己当回事的愚蠢！这是女儿对我的规劝。

见我颔首其灼见，女儿眉飞色舞地继续曰："正如一个数学高手，他可以对什么都没兴趣，唯独对数学难题总有百倍的精神，不破解难题比要他命还要难受！"

真理也！我怎么就没想到呢！

小时候没读多少古文，长大偶读柳宗元《蝜蝂传》，我就像大多数读过柳宗元这篇文章的人一样，既心存对蝜蝂的可怜，更因"今世之嗜取者"的贪婪，心存对蝜蝂的无比厌恶。

凡为中国人，人生意义思考应该都是其成长过程中的必修课。所得到的帮助是这样的：人生就是奋斗、奉献！是故，很小的时候，老师便教导我们，我们也暗自鼓劲，长大后必做伟大的科学家、工程师，并为社会主义事业鞠躬尽瘁、死而后已！

当然，由于各种原因，尽管我们都曾有相同志向，他时踏入社会，能成为科学家、工程师等受人敬仰者毕竟有限，大部分人只能在平凡的岗位上工作、生活，有人甚至走向了反社会、反人类的歧途。但是，不管怎么说，工作无贵贱之分，只有岗位之不同。平凡人在平凡岗位上辛勤劳动，照样能收获伟大人物一样的幸福感。

如果我们不刻意抬高自己、苛求自己，人生其实很简单。只要有事做，人生不一定精彩但必定充实；只要有事做，做科学家、音乐家，当局长、处长，是工人、农民，其做事态度、生活乐趣、人生感悟彼此之间没有多大差别。反之，如果成天游手好闲、无所事事，似乎运交顺星，能享受随时随地的安逸舒适。实则不管是谁都将无所适从，甚至于精神崩溃，陷于疯狂。

写到这里，我恍然大悟。我们嗤之以鼻的“蝜蝂式愚蠢”并不是在嘲笑勤奋，而是反对贪得无厌之人。

或有人曰：蝜蝂，虫子而已矣！

嗟乎！比大小，蝜蝂是人眼中小虫也，人何止高蝜蝂千万。然相比浩然宇宙，人何尝不是微不足道的虫子？如果说蝜蝂小虫不知疲倦、不顾死生负重前行实属愚蠢，那世间贪恋权财死不悔改者，其恶语陋习总有过之无不及呀。那么人到底是愚蠢还是狡猾？柳宗元曰：虽其形魁然大者也，其名人也，而智则小虫也！

由此，我们明白了，学霸看到难题会兴奋，医生看到病人必会尽心，哲学家从不厌烦清贫的人生，著书立说者栖息茅庐常有“粪土当年万户侯”情怀，农民脸朝黄土背朝天却从不厌恶土地……之所以如此，皆因我们都不是人间的蝜蝂，没有“善负物”“好上高”的不良习性，而是致力于平凡人生的经营。

6 治人治世

世上有两个医生——治人良医和治世良医。

人生在世，必须面对疾病、死亡，于是世上有治病救人的治人良医。

社会存在，有善更有恶。于是世上出现了针砭时弊、匡扶正义、惩恶扬善的政治家、社会活动家、作家等，他们是治社会之恶的治世良医。

他们都是人类社会诸多职业中崇高的职业，是为人祛病、为社会进步把脉的出类拔萃的人物。

治人良医是为医治个人身上疾病的大夫。治病人身体之疾，医生愿意治疗，病人愿意配合，其结果要么是医生医术高明治好了疾病，医生获得病人感谢，并获得好名声；要么是医生能力欠缺或者病人罹患无力回天的重疾，病人最后失去生命，医生可能声誉受损但少有生命之虞。可喜的是，几千年过去了，尽管危害人生命的顽疾病仍然很多，但通过人类的努力，有些疾病已经被人类战胜了，例如天花；而有些病虽暂时不能根治但都不同程度地得到有效控制，例如癌症。

治世良医，即政治家、社会活动家、作家等，他们是给社会治病的“医生”。显然，社会之病与个人疾病不同。社会之病纷杂难以调和，即使刀枪见血、两败俱伤亦难有医治痊愈之可能。因此，几千年来，固然有无数优秀的帝王将相、杰出的政治家、社会活动家、文化大家，人类社会发展的历史仍是一部斗智斗勇、血泪相和的悲喜剧。随着人类社会的发展和社会的进步，人类管理人与社会的理论、手段方法日臻完善，治世者热情越来越高涨，但人类社会发展一如既往地充满各种矛盾、不安、纷争甚至战争。只要人类理想试图约束人的固有本性、改变人的既有习惯、剥夺人的既有利益甚至可能牺牲人的性命，被管理者必然抵触甚至反抗。何况，世上不可能有能让每个人都满意的人类理想，任何事业必然程度不一地满足一部分人的利益而损害另一部分人的利益，也就必然出现一部分人对另一部分人的博弈。那么，即使最优秀的管理者，拥有最先进的治世方法，也不可能完美地管好人与社会，甚至可能在治世的过程中失去自己的生命。

我们不妨举例，以耳熟能详的过往佐证之。

张仲景，东汉南阳人，举孝廉指派长沙太守。但张仲景之所以成名，乃因他有治病救人的医术和怜悯之心。他不仅医术高超，还因巨著《伤寒杂病论》而被后人尊称医圣。张仲景身处学而优则仕、尊崇做官时代又实实在在官居倾城随太守高位，不以文著、不以位显，却凭借治病救人能力彪炳千秋。但是，张仲景虽有治病救人之技艺与怜悯病人之高尚品德。但其官途一塌糊涂，难以苟同俗世。于是只能自裁光明“上流前途”，甘投人间“中流营生”。是故张仲景贵为医圣，正史记载却毫无其官场辉煌之蛛丝马迹。

切·格瓦拉，南美阿根廷人。无论在哪个国家，切·格瓦拉都是人类世界追求理想、反叛主流的鲜艳旗帜。

切·格瓦拉的人生与张仲景正好相反，做一个受人尊重的好医生是他人生的美好初衷，但现实的苦难却让他成为一个政治家、革命家，一个意欲将自己学说、政治理念散布世界各地并躬身实践的理想主义者。现实的教育、理想的牵引，让切·格瓦拉舍弃治病救人的事业而投身治世的革命斗争中。无疑，切·格瓦拉成功了，他舍弃医师事业成了实践自我理想的伟大革命者，从治人良医变成治世良医。但他的代价足够大，残酷的革命事业导致他的生命过早凋零。

在中国人的记忆里，切·格瓦拉的悲壮人生远逊于中国民主革命的先驱孙中山先生。早在19世纪末20世纪初，孙中山先生便深谙治人与治世的区别。在风雨飘摇的时代，孙中山先生毅然抛弃医者生涯，决然投身医国事业。孙中山先生慷慨悲壮的人生，影响了无数中国人，也可能影响了外国人切·格瓦拉等沿着“风萧萧兮易水寒，壮士一去兮不复还”的道路不断演绎治世者的雄壮人生。

而在20世纪初叶，中国另一伟人鲁迅登上了中国历史的舞台。因为“人血馒头”，鲁迅立志当个好医生治病救人，旋即又立志弃医从文唤醒国民。鲁迅无疑是伟大的文学家，但他同时又是一位坚定的革命家。不同的是，鲁迅以笔杆子做武器，撰写匕首样文章刺向敌人、唤醒国民，试图推翻腐朽政府以治人治世。

不管是治人良医还是治世良医，身怀理想都是伟大而艰难的。

正因为艰难，才磁石般吸引了很多人前赴后继，不回避矛盾并时刻准备为矛盾激化付出一切。这是所有治人、治世者的基本素质。

7 黑发白发

女儿大学毕业，学校邀请家长参加毕业典礼，我们自然很高兴。

然，女儿温柔却坚决地劝我最好染染头发。言下之意，是我头发花白有碍观瞻，甚至会伤及她的自尊。

高兴的事情，简单的要求，让我猛然意识到白发是个严肃问题，同时后悔自己曾不屑于此的固执。好几次，理发师建议我染发都被我断然拒绝，心里还狠狠厌恶人家何以如此贪婪。谁知，自己头上的白发不仅扯动了理发师的神经，也早已刺激到女儿爱美的眼睛。

如今生活条件日渐趋好，古人虽言年过半百，是人老之已至的分界，但今天 50 岁的人谁会自认衰老？我更是颇感自己比任何时候都年轻。

不料，女儿一语惊醒梦中人。规律不可违，黑发中逐渐茂盛的白发早已无情地出卖自己，只是我自己装糊涂而已。我惊诧过第一次听到身边好友喊我“老周”；苦笑过第一次在公共汽车上遇到小朋友给我让座的尴尬；更有沮丧的，我有一次到食堂就餐，一位腿脚不便的老太太颤巍巍从里面出来，我快步上前帮其拉开大门，老人回头深情道谢：“大兄弟，谢谢你啊！”

发白了，人老了，自己不以为然，家人却很在意。

判断人是否老了，最简单也最直观的办法是依人的头发黑白来断定。

人老何以发白知会天下？

东方人，一头黑发，彰显年轻、健康、有活力。

岁月流逝、年龄增长，人的见识在增多，德性在增长，人便逐渐稳健起来。但在这样的过程中，人有很多变化，而头发变化最为明显，一个人原来黑黑的头发突然间便长出了几根亮晶晶的白发。人或愕之，会找无人处拔掉，孰料白发拔不尽，拔后白又生。慢慢地，头发便开始了由白了几根，到白少黑多，到花白参半，到满头银白的不断变化。

人老了，人的头发便逐渐变白，是要告诉人们什么呢？

人的头发变化历程，正是青年、壮年、老年之岁月流逝痕迹。人之变老，头发变白，意味人的身体正走在生命的下坡通道：饭量减少、步履失灵、思维阻滞。同时，预示着开始得到他人的关心：被让座、言语客气、被搀扶走过马路等，这是中华文化尊老爱幼的传统美德。鉴于中国文化中白色代表干净、纯洁、自然的本色。那么，人经历从少年，到青年，到壮年，到老年的变化，最后以满头白发盖棺论定，表明人在成长过程中已经逐渐剔除了年轻时的鲁莽而成熟。德行日臻善境，年高德劭，为人类作出应有贡献，丰功伟绩，万古流芳。同时，白是干干净净、明明白白的素净，意味世界于老人、老人于世界都如白纸般简单明了。

说到这里，我百感交集，谁知普通的头发竟有如此利人的秉性：头发能保护我们的头颅免受伤害，梳理头发能让我们干净俊美，头发颜色也能看出通透人生。

8 力

力无处不在。或者说没有力的存在，世界就不存在。

在欧洲，力曾是科学概念，也是哲学思辨。各方观点争论很长时间，直到17世纪物理大师牛顿力学三定理面世，力的概念界定开始深入人心，力学学科得以创立、发展、壮大。

在古代中国，力是指一款叫耒耜的耕地翻土工具，后来逐渐演变成描述物体能力特征、大小的工具。例如，用力来描述人，标识多维且复杂：人不仅有体力、智力之别，还有与之相关的影响力、号召力之不同。不仅如此，中国人认为力要发挥作用，必须和另一个重要的东西结合起来，它的名字叫气。气是什么？气是中国文化中的特殊元素，气是力量，而且是比力更玄又确实存在的力量。中国人自古深信意念、意志的力量，即气的力量，如施法、念经等意欲依靠意念办成大事的行为，不接触也能产生力的作用，有点类似现代物理学中的场：磁场、引力场等，也有说是唯心主义的臆想。但现实中意念确实能产生人们想要的效果，因为只要人相信意念之力，多少都会受到意念力的影响。

现代力学发展迅猛，力的概念层出不穷，四种基本力：弱相互作用力、强相互作用力、电磁力、万有引力，被人总结出来并引来一代又一代杰出的物理学家为之鞠躬尽瘁。

力统治世界。人们看不见它，它却无处不在，处处能感觉到它的存在。

因此，认识力，研究如何利用力使之为人类服务，是人类的重要使命之一。

世界是力的世界，那么当世界没有力的时候，宇宙会是什么样子？人又会是什么样子呢?

据说宇宙的年纪很大，有百亿年的高寿；宇宙的体积很大，有千亿光年的直径。还有学说认为宇宙还在高速向外膨胀，依照我们目前掌握的知识，知道宇宙膨胀终会停止并反向坍塌。膨胀力消逝、坍塌力扑面而来的时候，宇宙现有秩序必然大乱，地球或者人类栖身的星球难以独善其身，现世就此毁灭不存。继而，一个新的宇宙开始诞生、演变开来。且不论这观点是真是假，我们至少知道宇宙膨胀的时代，宇宙、银河系、太阳系、地球因着万有引力的作用各自坚守阵地，成就了地球今天万物竞生的壮观!

宇宙终要毁灭，人类无能为力；人终要死亡，人依然无能为力。作为人，当我们必然要经历生死过程的时候，力的有无，却是人必须思考、慎行的重要生存元素。否则，人类自诩的“万物之灵长”就是一句嘲讽自己的笑话。

对正常人来说，感觉疲累无力，只要休息一会、睡一觉便又会感觉力量满满。特别是对朝气蓬勃的年轻人来说，立马觉得自己有使不完的力气！无疑这是好事，却又不一定是好事。借晋刘伶“静听不闻雷霆之声，熟视不睹泰山之形”之意，正因为年轻人活力无限，他们不仅自己感觉不到无力，也不理解老人何以会无力。便有可能在有意无意间对腿脚不便、动作僵硬、无力的老人做出诸多不当的事情来。

我的父亲，80 岁以前身体很好，尤以走路风风火火被人羡慕。但有一天，我带 80 多岁的父亲外出理发，我以惯常的步伐拉着父亲前行，父亲急急地望着我说：“走快啦，我走不动啊!”听了父亲的话，我笑着说：“这还快啊?”显然，此时此刻我并没有体会到父亲的本意，人老了没有从前的力气了。我依然漫不经心，既没有考虑就近找个理发店，也没有想办法找个车子帮助父亲，只是休息一会儿后又继续前行了。父亲也没有再说什么。

多年后，当我自己步入老年感觉走路无力的时候，猛然想起当年的一幕，便深悔自己多么无知。人老了没有力气、人生病没有力气的现象，是生命的自然反应，就像年轻人力气满满一样自然平常。但是，我们常常对年轻人的“有力”深信不疑并给予极大的成长鼓励，却往往对老人、病人的无力熟视无睹，缺乏足够的关爱。

生命有力，则身轻似燕；生命无力，则垂垂老矣。都是力与生命关联的实证。花开堪折直须折，为人者自当尽情享受力的馈赠，做该做的；更应该老吾老，以及人之老，体谅老人的无力并给予老人生理、心理上的充分理解和关照，如此我们才无愧为人！

9 习惯、瘾、信仰

酒很奇妙，少喝可以解乏、暖和身子；喝得恰到好处能让人进入兴奋的奇妙状态；过量饮之会醉酒；嗜酒会致酒精依赖，长此以往，便成为危害人生命的恶劣习惯。

然而，酒毕竟没有“触草木尽死”的厉害，故古今之人对酒便常有钟爱，甚至于以“古来圣贤皆寂寞，唯有饮者留其名”的豪言壮语为自己、为酒扬名立万。

对酒以及饮酒文化的解读，很容易让人与另外三个概念——习惯、瘾、信仰——联系起来并做些思考。

习惯是人积久养成的生活方式。人要生存，必须有基本的生活方式方法。再不好的习惯，本意都是为了生存。故习惯是一旦养成，即使长久波澜不兴，亦很难改变。

习惯是使人愉悦、自觉传承的生存文化。各地、各民族习惯虽会呈现地域与民族的特色，但它们的本质是一样的，都是人适应特定环境、人与自然斗争后形成的生存方式。习惯是人主动、自觉掌握的生存技能，从小时候的耳濡目染，再到学校系统学习，经十几年的学校教育，终让人拥有基本的生存本领，具备活下去的基本素质。如此代代相传、久久不变，若非外在强制或者迁徙他处，很难让一个人的语言、口音以及口味、穿戴等与生存有关的习惯发生根本性改变。正因如此，人类发展史上有很多自导自演的丑陋恶行。

例如，昔日殖民者为长久殖民、侵占他国领土而强制实施的文化扼杀就是恶行之一。他们从阻断原住民文化传承入手，强迫原住民学习他国语言、饮食他国食品、穿戴他国服饰。目的只有一个，就是让原住民特别是年轻一代忘掉母语、改变饮食穿戴等习惯，假以时日，一个民族便会因为忘掉了原有文化之本而接受新的他国生存文化，殖民者也从根本上实现了控制他国人民、兼并他国领土的目的。

瘾是人神经中枢频繁接收某种外界刺激而形成的特殊习惯，是人无须付出而有“获得感”的过程。但瘾是人罹患疾病后的偏执。瘾一旦形成，不管是让人承受痛苦或是享受快乐，往往都是一个人人性、精神、健康逐渐失去的开始。因此，瘾绝大多数无益于人的生存，而是正好相反的坏习惯。表面上看，瘾者言行似乎同样是人自主的行为，但鉴于瘾者之瘾非天生和必然的后得，而是外在强制浸润后慢慢或者迅速伤害人的神经而导致人身体与精神的病态。是故，瘾实际上是一些人被动接受有害东西后的人生悲剧。瘾既然是病，从医学和社会学统计结果来看，任何有瘾的人，一旦不良外在力量减弱或者消失，瘾也会随之减弱或者消失。当然，戒瘾、让瘾消失的过程漫长且痛苦，例如人戒烟、戒酒、戒毒。

除了因“外界”强加于人的身体而成瘾的病，还有一些特殊的瘾病：它不戕害自我却专门为害他人。当极端欲望发自内心而欲罢不能，人便往往打着为大多数人谋利益的旗号以谋求个人利益。貌似求生存，实则是排他性的极端自私，更甚者便是异端邪说。这些行为虽然也是人的主动行为，但因为它们的出发点均为满足自我嗜好而谋求让他人失去人性、精神、健康，是人精神中毒后的瘾——精神之瘾。精神之瘾往往偏执而残忍，必须人人共诛之！

信仰是人的世界观。

大张旗鼓宣传、天长地久坚持、艰苦卓绝实践，让人因心理满足然后甘于生理痛苦，以实现大多数人的心理与生理满足的习惯，我们叫信仰。从本质上说，人类社会发展的历史，就是历朝历代无数政治家们为实现满足大多数人利益的奋斗历史。

为大多数人的利益甘愿失去自己的自由是信仰的本质特征。信仰是由先知先觉的“吹哨人”们吹响超越大众既有生存习惯的号子，便有人聚集在吹哨人的麾下成为有信仰的人，依靠链式反应，鼓动、带动更多的人一同前行。因此，信仰既不是人的生存习惯，也不是小部分人的病瘾。鉴于信仰是对人的既有精神状态、思维方式、世界观的改变，必然与人的固有习惯和自私本质相背离。因此，坚守信仰，就必须不断与自我、与他人作斗争；实践信仰，亦必须自愿艰苦卓绝地为理想付出。

综上所述，习惯是所有生命生存的信仰，瘾是小部分人被迫形成的反人类习惯，信仰则是非强制、舍小我为大我的精神本质。可以看出，习惯、瘾、信仰有共同的底色——执着。但执着的原因、方式、目的不同，参与其中的人也不同，但可在一定程度上、特殊环境下实现相互转化。

10 人机器与机器人

管理社会从来不是件容易的事情，即使最睿智的政治家也必作如是观。究其原因，在于社会由人组成，管理社会其实就是管理人。人不仅数量众多、地域分布广阔，最重要的，人都有“自私”的原始欲望，而这种原始欲望天然具有“排斥异己”的特质。因此，“不服管、不好管”是人管理人的特征，却也是管理者要思考、解决的大问题。

既然人不好管理，人们便想到了机器，奢望被管理的人能像机器一样服管、好管。

所谓机器，是人发明创造的能代替人做事的仪器设备。它们最大的好处是完全能按照人的指令办事。那么自然的，管理者也奢望自己管理的人是像机器一样温顺、听话的“人机器”。

有了这样的想法，有人真的行动了。

“人机器”？乍一听好像是现代社会才有的，是对温顺者的称谓。其实不然，自人类社会出现之始，氏族、部落、王朝统治者为把“人”变为“人机器”，都曾使出浑身解数努力为之。他们制定各种规矩自我约束、约束他人，依靠各种手段欺骗民众。通过无数次、长时间的实践，虽然人类社会发展并没有完全按照管理者的意志前行，但无论在风雨飘摇的王朝末路，还是在政通人和的太平盛世，人们发现，刀光剑影等虽是惯用手段却并不是达到目的的最好办法，人类文化才最有可能让人成为“人机器”。典章、规矩、知识、技术迫使人成为“人机器”，而且人类发展、文化创新不断，人类追逐的快乐、自由、幸福却在不断减少。理论上讲，人越来越像“人机器”！

我们可以列举两个例子：一个是古老的时间概念，一个是当今正红火的大数据技术及应用。

谈时间，显然是个非一般人能弄懂的大问题。

对宇宙来说，时间是永恒的存在；对人类来说，时间是人类认知四维世界里的重要一维。不讲时间约束，抽去时间概念，人类的天空将瞬间坍塌。

时间永恒存在的事实，似乎表明人类跟时间并没有什么关系。事实上，于一般动物而言，时间确实没有随时随地的约束功能。但于人而言，人类发现并标定时间后，人便从此似绵羊般温顺。遵守时间规矩，人类失去自由，但可以生存；不遵守时间规矩，人看似自由却可能失去生命。时间是人类为约束自己而创造发明的，是人希望把自己锻造成“人机器”的努力之一。

人发明的行使时间职权的钟表，表面上看是为人服务的“帮手”，实际上也是人努力把自己、别人变为“人机器”的“帮凶”。

数据科学及大数据应用技术引起学界重视是在21世纪初。没承想仅仅十几年的工夫，数据科学成为当今显学，已经无所不在、无所不能。在极大促进社会进步的同时，大数据技术及应用也成了把“人”变成“人机器”的利器之一。

当今世界，数据为王。这里的数据不是简单的数字与计算，而是与人有关的所有对象的总和，里面既有关联数字及计算结果，又有各种强关联、弱关联的自然和人类的存在。显然，这些数据复杂而庞大，利用并使之为人类服务，正是现代数据科学及大数据应用的伟大使命。

首先，大数据应用要以计算机强大的软、硬件能力做后盾。没有强大的计算机软、硬件技术做支撑，数据科学发展、大数据应用将沦为空谈。其次，要依靠人和各种传感器把人们关心的各种数据采集并传输到数据中心。海量数据的存在是数据科学发展的基础。有了超级计算机、有了海量数据，便能通过各种计算对事物的发展趋势进行模拟，对人的行为进行预判。例如，通过对大数据的分析，可准确预报天气，可制定出崭新的商业模式，可实施精准的疫情防控，可快速侦破复杂的案件，可使城市得到更好发展等。

数据科学的发展及大数据应用，极大地提高了人在复杂世界里分析问题、解决问题的能力，各行各业也因此取得了巨大的经济效益和社会效益。然而，曾想，人却因此可能受到不同程度的约束甚至伤害。天上有大量高精度卫星，地面有无数摄像头获取影像，与人有关的各种设备如手机在频繁通话、刷卡、照相……会产生大量数据。当这些数据被收集、处理、分析后，也必然对大量民众信息数据造成泄露，甚至被非法应用，防不胜防。人哪里还有个人隐私、人身安全可言呢？人是不是似“机器”样被人全方位管控了？

劳动是人生存的必需，却不能说人天生热爱劳动。无论是体力劳动还是脑力劳动，人都必须付出代价。而付出与人的本性相左，是故人属于天生不爱劳动的动物。

人要生存，必须劳动；人又天生不爱劳动。那么，如何不劳动也能确保生存呢？

人类存在的数千年就是为达此目的探索、奋斗的几千年。人们找到的办法真不少，曾经有效的办法是人剥削人：一方依靠某种优势从另一方那里不劳而获。然而，此办法却必然引来反抗，当一方依凭的优势丧失的时候，很多人的命运将彻底改变，更有很多人为此失去生命。

另一种方法是驯养动物代替人做事，此办法成效卓著。例如通过驯养，让牛代替人耕田、马佐助人打仗、狗为主人守门等。但没有智慧的动物只能代替人做简单的体力劳动，脑力劳动却仍必须由人亲自进行，何况并不是所有人类的体力劳动动物都能胜任。

那么，有没有一种东西，它既能干体力劳动，又能从事脑力劳动呢？或者说，有没有一种东西虽然不是真正的人，却能代替人或部分代替人完成只有人能完成的复杂工作呢？

这个神奇的东西就是今天发展迅猛的人类工业化革命的成果——机器人。由机器人代替人劳动早已不是天方夜谭。由简单到复杂、由特殊场合到普遍应用、由宏观巨制到微观分子，今天的机器人已经无处不在、无所不能。且在不久的将来，机器人有可能成为与人类抗衡的庞大力量之一。

可以想象，未来的某一天，将军指挥数量巨大的机器人打仗；医院满眼全是机器人医生与护士；农场播种、养护、收割全由机器人完成；工厂里不见一人，都是机器人忙碌的身影……这些都是极普遍的事情。甚至于，高度智能化的机器人被人或其他机器人控制后，可能完全走向与人价值观相反的实力阵营，成为左右人类既有秩序、道德规范的巨大力量。如此一来，如何管理这个高度发达的“人与机器人混合存在的世界”，正是人类必须未雨绸缪、探索、思考的大事。

现代机器人是汇集了人类智慧的工业化产物。它之所以厉害，是因为它有无限的发展能力，能够无限接近最智慧的人；有广阔的应用前景，任何场合都可以是机器人施展才华的舞台。

让我们简单模拟一下未来世界的可能面貌：人与机器人混合存在的世界。

> 各种机器人需求量巨大。研发、制造机器人的工厂随处可见，并成为那个时代最具竞争力的行业。
>
> 高度智慧的机器人大量出现并成为人类生存的主要帮手：机器人以最大可能代替农民种田，代替工人做工，代替士兵打仗，代替医生看病，代替教书育人，代替科技研发……
>
> 为维护人与机器人混合存在社会的正常运转，除了业已成熟的为人服务的各种人类机构外；专门为机器人服务的机器人诊所、医院、学校、旅馆等特殊机构将成为未来社会随处可见的公益性、特殊需求的行业配置。

人类体力的大减负，全倚赖人类智力的高光。未来不仅有工业化批量生产的机器人以完成各行各业的具体工作；还有对应于个人的专属机器人，我们姑且称它们为“类人机器人”。例如，通过可能的技术将某个人的智力、习惯复制于专属机器人。专属机器人将代替主人完成工作，完成主人交办的任务，甚至去做违法乱纪的事情。

未来世界，人类除了管理人以外，要拿出特殊的办法管理机器人，特别是专属机器人。与人打交道的不仅有人，还有各行各业从事不同工作的普通机器人，更有数量众多、高度智慧、性格不同的类人机器人，共同组成了绚丽又诡异的人与机器人混合存在的世界。

满眼望去，马路上、办公大楼等公共场所不再仅仅是人的活动场所。大小不一的机器人穿梭其间。更有大量机器人被主人派遣出差，坐飞机、火车、轮船，操着不同语言从事各种工作。

机器人不仅有自己的“位置”，还将强有力地冲击人的主宰地位。如此一来，仅与人有关的“生存计算公式”要重新建模。未来国家的软硬实力，也不再仅仅是以人为基础的政治、经济、文化、科技、军事实力的统计，还要包括机器人特别是类人机器人的数量与质量的统计。面对管理数量巨大、复杂多变的人与机器人混合存在的世界，管理水平的高低也将成为国家实力的象征之一。未来世界的衣食住行、伦理道德、社会规矩将因为机器人的存在、参与而产生重大变化。

举一个例子：未来的法律案件，将不再仅仅是与人有关的案件，需要对机器人进行执法、取证、宣判。其中所涉及的伦理、技术、隶属关系而变得更加复杂。人可能不再是案件的直接参与者，机器人才是案件主体。那么，法院审判谁呢？审判人还是机器人？

未来机器人的大量使用及其他科技成果的不断涌现，将给人类世界带来巨大的生存挑战。人类在享受科技成果带来的巨大便利的同时，也将为此付出各种代价，包括对人类生存带来的冲击。例如，科技越来越发达，人的能力便越来越弱化；非人性冷漠弥漫社会，人身权益被随意侵犯；机器人理论上可以无限制生产，其数量、质量无法统计；对机器人的管控困难，导致人类的自由空间被无情挤压；传统的人际关系将受到巨大冲击；人们衣食无忧又无事可做，结果就是各种事端的频发……

人类凭借顽强的毅力和无穷的智慧带来了现代科技的飞速发展和科技成果的大量应用，相当成功地解决了数千年来一直努力解决的问题。但人类却万万没有想到，在生存问题逐步解决的同时，因为科技进步也带来了诸多挑战。而机器人的发明创造，以及机器人深度参与人类生活的方方面面，就是人类给自己带来的挑战之一。

11 鸡汤时代

所谓心灵鸡汤，经典“味道”是人喜爱的励志、慰抚之言，应该说自人类出现，如此语录、故事就已出现并发挥应有作用。

古代中国人工于形象思维。《道德经》《三字经》《千字文》《菜根谭》及唐诗宋词等意境优美的格言语录、寓言故事、诗词文章，依靠其无与伦比的形象思维之美、数千年沉淀之精华，传承了独特的中国文化以实证文明古国的辉煌，也激励、抚慰了无数古往今来的中国人！

中国传统文化虽表面鄙视名利，但并不抵触名利。中国式心灵鸡汤主要有两种味道，一种是对求功名者的励志语录。如，教育人的言行“学而优则仕、克己复礼、光宗耀祖”规矩；教导人做建功立业、光宗耀祖、流芳百世的人物。另一种是对失意者的抚慰之言。抚慰人的心灵鸡汤不仅安抚、营养他人心灵的创伤，更为自我迷失的高傲灵魂唱响赞歌。

中国古代心灵鸡汤虽味美，但因为文化百花齐放，“味道”不统一，既没有天下一统的鸡汤，更不可能出现所谓的鸡汤时代。而与现代心灵鸡汤逐利行为不同的是，中国古人煲就的心灵鸡汤恰似大自然的馈赠，润物细无声，味道独特芬芳。

现代心灵鸡汤，诞生于以逐利为目的的商品经济时代，其内容必然接受商品经济逐利文化的主导。

商品经济时代的人名与利同等重要，这是商品经济时代名利关系的最重要特征。因而，激励、抚慰逐名追利道路上受伤的灵魂的心灵鸡汤必须整齐划一，必须有前赴后继、死而后已的特征。现代心灵鸡汤的主要任务是激励奋斗者，抚慰失败者，也是督促其再次择机奋斗而不是逃避。

在逐渐富裕的现代社会，社会分工复杂，人生道路多变，心灵受伤的人很多。因此，现代心灵鸡汤因为契合时代而大受欢迎，可以说人类进入了鸡汤时代。

哪些人在煲心灵鸡汤呢?

现代心灵鸡汤的“掌勺人”往往不是高高在上的大家，那些遭受挫折仍不忘奋斗、曾经失败而不气馁的人才是现代心灵鸡汤的“烹饪大师”。

20 世纪，生活在以追逐利益为特征的工业化时代的美国人杰克·坎菲尔德以西方文化视觉观察世界后，成功地以商业化头脑为现实社会需要的人定制了独特的心灵鸡汤，并依靠其卓越的励志能力抚慰了无数现代心灵受伤者。

杰克·坎菲尔德曾经活得很不如意，奢望发财致富的他一直在不断努力。终于有一天，他发现了巨大商机：生活在竞争激烈的工业化时代所有人几乎都有心灵疾病！于是他像奶奶给他煲鸡汤一样开始为各行各业罹患心病者写出名为“心灵鸡汤”的励志之言。显然，他大获全胜，几乎一夜间他就成为世界级励志大师。

杰克·坎菲尔德因为一双慧眼发现了让自己功成名就、发财致富的金光大道。助其成功逆袭的是非凡的现实世界。世界虽大，人们彼此间联系却越来越紧密；城市化、工业化让社会分工越来越细，人与人之间的竞争压力、贫富差距越来越大，这些都让置身其间的人的生活变得紧张、严肃而不活泼，迫切需要有人指点迷津；帮助人们渡过难关或者指明前进方向。于是，无数个杰克·坎菲尔德出现了！是的，煲现代心灵鸡汤的人总是那些有文化却不甚成功者。他们有强烈渴望成功的欲望，能深切感受失败者的痛苦，能洞彻取得成功的途径。由他们煲就的心灵鸡汤自然味美而营养丰富。

那么，谁在消费心灵鸡汤呢？

文化低下的人看似最需要滋补，但孱弱的智识阻碍了他们求进步的心思，喝不到对他们有用的心灵鸡汤。功成名就、财富加身的人心想事成，他们呼风得风、唤水来水，也不会喝心灵鸡汤。但是，现代社会中总有很多不如意处，也正因为如此，成功的希望像春风不断刮过人间，到处都是渴望成功的人们，无数命运不济却心有不甘的人们是狂热消费心灵鸡汤的主力军。

很明显，鸡汤时代的特征是：社会有少量煲心灵鸡汤的人，有大量喝心灵鸡汤的人。因为喝心灵鸡汤的人很多，从表面上看，整个社会呈现积极向上的巍然大势。

然而，面对无数没有“功名、利益”的人争先恐后寻找心灵鸡汤的现状，稍加探究，细心者难免陡生“原来如此”的喟叹！

国家羸弱时代，喝“心灵鸡汤”的人不多，因为获取成功是可望而不可即的奢望。

在科技高度发达的未来社会，喝鸡汤的人也不会很多。因为成功已经成为常事，不成功者或许有但占比不高。

毫无疑问，当今社会，心灵鸡汤被认为是最好的心灵滋养补品，得到了大批渴望成功的人的首肯，致使心灵鸡汤持续畅销。

然而，心灵鸡汤的“产销两旺”现象却不是什么好事：有无数喝鸡汤的人，看似社会充满活力，却强烈地表明我们所处的时代正处于由弱转强的发展起步阶段远，没有实现成功。一句话，眼前“心灵鸡汤”畅销，预示着社会发展还存在不少问题，所呈现的不是最健康的面貌。表面上全民价值观空前一致，但现实中人们想得到、能得到的东西不多；虽然社会不乏奋斗者，但成功总是极少数人，多数人无论如何努力都将是失败者、平庸者。如此，励志大师辈出是好现象吗？鸡汤时代能让我们自豪吗？是故，当有人欣喜于心灵鸡汤味道鲜美，是否会有人心生心灵鸡汤可能成为虚无缥缈的谎言甚至于毒药的强烈忧患意识呢？

没有人煲心灵鸡汤，社会缺少温馨、激情而死水一潭。但如果出现心灵鸡汤泛滥、全民热衷喝心灵鸡汤时，需要社会管理者有所反思，表明人类尚未进入自然、和谐的时代。

12 薛定谔的猫

17 世纪笛卡儿“我思故我在”的哲学名言是打通唯心主义、唯物主义勾连通道的著名宣言。不管唯心主义者，还是唯物主义者，几个世纪以来都因此言受益匪浅。

量子力学问世于 20 世纪初，而今早已蔚为大观。但其所阐述的波粒二象性、测不准原理，包括平行宇宙等思想、理论、假说似乎都是唯心主义思想的大泛滥。如果说微观世界的量子理论因为看不见摸不着即说唯心的话，量子力学大师薛定谔所创建的宏观世界生死叠加论，即著名的“薛定谔的猫”的实验，更让众人摸不着头脑——只要没有打开盒子，矛盾永远存在。

量子理论是与相对论并驾齐驱的现代物理学成就之一，而今正向更深的深度蓬勃发展。但“薛定谔的猫”生死二象性存在虽然是物理学中的实验，却无意间刨出了人类存在的真面目，且让我起了一些莫名的疑问：波粒二象性思想实验，薛定谔为什么不用人而选择用猫做实验呢？是薛定谔因感觉差异而顾及人的感受吗？殊不知，盒中猫的生死叠加虽阐述了波粒二象性原理的宏观适用性，但如果换成人做实验，说不定还能诞生量子三象性、四象性理论呢。因为猫装进盒子里，确实会出现锤子落下猫死、锤子不落猫活的二象性现象；可是若将人装进盒子，自然也会出现锤子落下人死、锤子不落下人活的可能，却也会出现锤子没落下人已死、锤子落下人却活着的可能，因为人的善变而出现更多的可能性。薛定谔用猫实验成功地将微观世界扩展到宏观世界，但失去了用人做实验可能带来的量子力学的“更大发展”。岂不可惜？

作如是说，当然是牵强附会，甚或是胡说八道，正像大物理学家波尔所言：谁要是第一次听到量子理论时没有发火，那他一定是没有听懂！然而我之所以这样“可惜”薛定谔不用人做实验，实在是因为用人做实验得出的结论才能具有最大的说服力。即使盲盒永不打开，人也绝对是对与错、生与死二象性叠加现象的最大嘲讽者。

正因为人的复杂，人类自觉为之的教育和制订的规矩对人类发展起到了非常重要的作用。因此，我们可以说，人间有很多让人难做的事情，而“相信一个人”是人世间最难做的事情：善良与狡诈、温柔与残暴、大度与狭隘等矛盾体都可能是人的真面目，但在真实的事件发生前，我们永远不知道一个人在想什么、想要干什么、可能做什么。即使事件发生了，尘埃落定，谁敢说自己看到的是真相？

人绝不是非甲即乙的标本，至少都是薛定谔的猫的二象性动物。有了这样的认识，我们才能面对并接近正确地解析人世间发生的一切。

13 水

我们都有这样的感觉，太过熟悉的人或事往往为人所无视，即使他（它）们对人非常重要。只有等到某一次突如其来的“激灵”，我们才有机会重新审视他（它）们。

某次我回家，到儿时玩耍的屋后小山转悠，突然感觉自己无比熟悉的山比儿时印象中的矮小许多：是过去人小山大，还是现在人大山小？家乡人告诉我：多少年了啊，山怎能不变？每年春夏，大雨滂沱、山洪滚滚，如此剥蚀多年，山自然变小变矮了。

大山庞然立于前，柔水却使之矮小！看似不可能却真实的存在，便陡然让我第一次对熟悉的水产生了深深的敬畏！

其实，人类与水的爱恨情仇不是新鲜事。很早的时候，人类就从不同的角度向水奉献了特别的赞美、愤恨之词。例如，中国有关水的成语有：上善若水、水滴石穿、水秀山明、似水流年等等。无不是意蕴深远，没有半点矫揉造作。因为水值得让人类作如是观。

水是人间大德。水孕育了生命，只管奉献从不索取。即使水被人无视、蔑视、谩骂，皆一如既往地养育古今！无半点怨言、怠慢、敷衍。

水亦是人间大恶。古往今来，多少人间悲剧都是水所为：山洪冲垮房屋、汪洋吞没船只、洪水淹死人畜，水置人于死地从来毫不留情。

水还是人间大妖。人世间一切矛盾，唯水可使之和谐共存：绵软与钢硬、无形与有形、河流与大海。温柔与咆哮等矛盾的瞬间都是水自然而然的本真存在。水集大善、大恶于一身，唯人间妖可称之！

然老子曰：“上善若水，水善利万物而不争，处众人之所恶，故几于道。”何为道？老子又曰：“有物混成，先天地生，可以为天下母。吾不知其名，字之曰道。”在俗人眼里似妖的水，在智者眼中竟是近于道的万物楷模。

既然水是道的化身，道无好坏，水自然随性自然。

14 归置灵魂

关于人的灵魂，说法很多，玄而又玄。

依唯物主义理解，所谓灵魂就是人的世界观，或者说是人言行的指挥中枢。受成长环境、教育背景、传统文化影响，每个人的灵魂品位是不一样的，即人对外在力量的感觉一样，但指挥人言行的内在标称精度是不同的。

当灵魂的内在标称精度与外在力量发生共振时，人们价值观相同，无数快乐的人组成了和谐世界。然而，如此并非都是利好，因为趋众使人缺少独立思想、创新意识，人们虽然快乐却只能平凡。尽管如此，人们还是喜欢有共同价值观的人。

若灵魂内在标称精度大于外在力量的影响，则人因为有自己独特、强大的信仰力量而特立独行。正因为人有独特思想，要么成为领袖级人物彪炳千古，要么预示着他将时刻面临危险甚至死无葬身之地。因为人可以战胜外在力量，也可能被外在力量打败。

若灵魂内在标称精度小于外在力量的影响，则人必定一生焦灼，要么抱怨人生如雨打浮萍而唉声叹气，要么以小人之心度君子之腹，要么贪小便宜却失去大利。

显然，灵魂并不是玄而又玄的精神，而是依附于人的客观存在。人不同，灵魂也必呈现高尚或猥琐等各种状态，有近朱者赤，有近墨者黑，不赤不黑也大有人在。

灵魂决定人的命运，如何锻造、归置灵魂呢？

简单的理解，一个人若能做到不损人利己、不矫揉造作，依着自我资质、时代大势，则生活与工作必顺心如意。人的灵魂就算归置到位。

如此一来，很多问题就好理解了。例如，农民种田、商人经商、科学家做科研等，这些看似辛苦的事情，实际上因为他们心有所属并乐在其中，不仅不觉得辛苦，反而感觉幸福而快乐。

15 神奇的一

道生一，一生二，二生三，三生万物。这是老子《道德经》中的语录。

这里的一，指的是道统领下的原始整体。一通过演变、分裂、进化而成大千世界、万事万物。一看似孤单无助却充满磅礴的力量。

如果说，老子的一，让我们似懂非懂，那么生活中的一，每个人都懂，然而要懂得真谛并不容易。

一是开始，是数量变化的基数。有一才有二，才有三，有一百、一千、一万，有更多。因为这样的道理，人们从不嫌弃“一”出现时的孤单。

然而，一出现之始，力量一旦发动，便成为人类酸甜苦辣的阀门，可能是潘多拉盒子被打开，也可能是鲜花漫天飞舞。

“第一”的褒义永远大于贬义，“第一”不能再增加数字，否则就失去应有价值；也不能减少数字，否则意谓失去意义。

但“第一”之所以珍贵，是因它印证了人是崇尚英雄的动物，“第一”是一的力量展示，追求第一是人类生存的基本力量。

“第一”的后面跟上各种序数词后，就不再是简单的第一了，可能仍是人们追逐的对象，也可能是人们思之生悔的渊薮。例如，人们人生中的第一次，都被赋予了特殊的意义。第一次是开始，是美好的开始，是成长的开始，虽然化蝶艰难，但意味着新局面的打开，只要成功有了第一次，事情从此变得简单。然而，同样是第一次，却也可能是人走向毁灭的导火索，是死亡的开始。因为不幸有了第一次，人从此再无回头路。因为第一打破了既有秩序，而人一旦有了破坏美好秩序的第一次，就会有第二次、第三次，最终付出的代价，可能就是搭上自己的生命。

一，偏左一点为零，然后是无穷的负数；偏右一点是二，之后是无限的数字增长。这意味着人每走一步都可能出现更严重的后果，当然也可能是美好的希望出现。

一是起点也是终点，是开始也是结束。一横着是生死界限，一竖起来也是生死界限。因此，认识一是简单的，把握好一却并不简单。敬畏一、勇做人间第一、珍视自己的第一次，是人应有的素质！

16 闲聊土地

小时候，我整天与泥巴为伍，因为满身是泥没少挨打。长大后，穿皮鞋漫步于城市马路，想找块泥巴都很难。后来，又在城市高楼大厦中买了属于自己的房子，那可比老家的泥土房好多了，大块泥巴是绝对没有的，偶有丝毫纤尘也被吸尘器弄得干干净净。

但不久后我却坚决地换房了。在亲友异样的目光中，我买了一套在一楼的房子，我十分满意房子附带的小花园。尽管小花园面积很小，尽管这里春天潮湿、夏季蚊虫肆虐，尽管会一不小心带泥入室，但那里有我久违的土地，有我欣欣然莳花、植草、种菜获得的满足。

亲近土地的感觉妙不可言，至少我是这么想的。然而，在相当长的时间里，中国真正拥有土地的农民只是贫穷的代名词。但中国正走在不断发展壮大的道路上，我们有理由相信，土地蕴含的力量总有一天会让中国农民自豪。

虽然不富裕，但农民从来没有厌恶过土地；土地是农民生存的根本，是未来发家致富的本钱。对土地的热爱其实是中国人与生俱来的最基本情愫。而我们炽烈热爱土地的行动，便是在城市、城郊、乡间购买沾染名山大川光辉、附带私家花园的房屋。空间宽敞、建筑造型别致的别墅自然让人满足，而别墅附带的私家花园才是买家最大满足之处，因为它最大限度地满足了城里人对土地的渴望。可以享受在私家小院随意植奇花异草、种瓜果菜蔬的那份不为外人道的惬意与自由。

用艾青名言“为什么我的眼里常含泪水，因为我对这土地爱得深沉”，来为当今中国人对土地的眷恋画像非常合适。

广东、广西一带的疍家人，据说他们曾经没有陆上住处、没有户籍，常年漂泊在海上，水上功夫了得。并不是他们不愿意造房安居，而是迫于无奈。疍家人为避险台风会依岸架起高脚屋，也会为生存与陆地交换米面。人类虽来自海洋，却一直在做向往陆地的百般努力。只有脚踏土地，依靠土地供养生活，人才有最安全的感觉。是故，纵然有最大的海船、最安全的飞行器，人唯有脚踏实地才心安。

明白了这点道理，便能深刻理解中国人民数千年来为维护中华民族版图完整所做的艰苦卓绝奋斗的伟大与崇高。

人类对土地的眷恋，不需要鸿篇大论来述说，也不需要撷取中外著名故事来印证。土地是人生存的基础，人的土地情结是生而带来的基因遗传。珍爱土地、接近土地、使用土地是人最自然、快乐、幸福的事情。

在我们这个星球上，至少在相当长的时间里，再贫穷落后的国家有土地，国民就能自由地活着；再富裕发达的国家失去了土地，人也不能自由地活着。

17 热闹后的孤独

人类之所以喜欢和需要热闹，应该与人类早期的境遇有关，如狩猎时，落单者可能遭遇猛兽侵害甚至生命不保。久而久之，“落单危险”的生存经验令独处之人产生恐惧，严重者会发展成危及生命的疾病，如抑郁、精神分裂等。于是，人生下来就坚信，人多的场面最是安全，人的一生，也都在寻找热闹并希望在热闹中度过每一天。

什么是真正的热闹？热闹一定是人多、声音喧闹的场合吗？是对的，又不全然对。真正的热闹可以是人多场面大，但也可以是一个人内心世界的翻江倒海。一些人之所以能承受他人难以忍受的孤独，是因为他们心怀大众而时常心潮澎湃，越孤独越显热闹。可以这样说，没有大众参与的热闹，与孤独无异；心怀大众的孤独，与热闹无异。

没有比过春节更让中国人开心又温馨的热闹场面了。

每年腊月，中国的家庭便开始欢喜地忙碌起来。大年三十，必须燃放烟花爆竹、热热闹闹吃团圆饭。从正月初一到正月十五，人们在家待客叙旧、外出走亲访友，聚在一起热闹地吃着、喝着，天南海北地聊着，好一幅热闹景象。

然而，人生没有不散的筵席，当春节远去，热闹的场景便渐渐冷清下来，世界恢复成孤独的样子。在孤独中，人们各就各位继续追逐自己的热闹去了。

可以看出，热闹伴随着人生，孤独也从没有离开人半步。人生不如意事常八九，追逐热闹的人不仅时刻面临着失败、挫折、打击后的孤独，更有年老体衰、风烛残年时的冷清。热闹像岁月般逐渐离人远去，而当人最后离开热闹世界的时候，就永远地孤独下去了。

世间有不喜欢热闹的人吗？有的。那些甘于独处冥想，在恶劣环境中工作几十年的人，无畏地选择了人见人怕的孤独。他们的事业非一般人能理解，为百姓谋幸福、为国家谋发展正是这些人的理想抱负和工作职责。古今中外成就非凡者往往是这些勇敢选择孤独的人。他们是一群对孤独有独特见解的人，他们看似孤独却热闹非凡。

大千世界，人像朝生暮死的蜉蝣，看似生命勃发，转瞬便落入生命凋零的孤独中。

嫦娥奔月，是中国古神话独有的美丽，然细究嫦娥、玉兔、吴刚、青女等“月亮人物”的前世今生，立即便有寒冷和孤独扑面而来。

今天，随着科技发展，人类开始探索地球以外的太空。人类不仅拜访了月球，也正在为登上火星、更远星球做努力。一般人固然难有这份能力与福气，那么有幸进入太空的伟大宇航员、探险家瞭望太空或者俯瞰地球时，眼里是一幅什么景象呢？心中又会是一种什么感受呢？

人类置身太空、瞭望深空，失去了地球的基准，便不知身在何处，四望皆是近乎虚幻的无穷无尽、可望而不可即的星星，人立即感到无助、渺小。此时此刻，所有爱恨情仇、剪不断理还乱的情绪于浩瀚太空不再有任何意义。

当人的周围不再有习惯的物品相伴，不再有亲爱的兄弟姐妹相互交流，只有死寂，在人的周遭发出冷幽幽的光，似乎心跳都成了多余。

人很伟大，地球很广阔。然而相对于广袤宇宙，人像飘浮的一粒尘埃，渺小而孤独。

当然，地球还在，人类还在，我们大可不必如此悲观、颓废。但我们必须明白的是，热闹只是节日里燃放的烟花，孤独才是永恒的存在。如何面对孤独、享受孤独，才是人应思考的课题。

18 疼痛

我不知道植物有没有疼痛的感觉，但动物一定有。动物受伤时的抽搐与哀鸣与人受伤时的扭曲与嚎叫无异，无不是动物感觉痛苦的自然流露。但人的疼痛与其他动物不同，人既有身体疼痛，还有心理疼痛。人类的心理痛苦为人所独有。虽然两种痛苦的感觉不一样，给人带来的伤害却是一模一样的。

身体疼痛是动物最敏感、最痛苦的感觉。

引起身体疼痛的原因很多，多是外在力量破坏了人身体的正常状态。例如，机体组织创伤、神经受损、组织癌变等。疼痛对人的摧毁力量非常强大。靠给他人身体带来疼痛的言行威慑他人，也是人类社会惯常使用的手段。例如，各种威慑、伤害人肌体的方式方法，发动残酷的战争等都是能给人带来痛苦的，是人达到某种残酷目的的手段。

人的一生能体验很多美好，让人心向往。让人奇怪的是，这些人类孜孜以求的美好并没有生出让人神魂颠倒的感觉，反而时间一长，便开始让人感觉寡味起来。但疼痛却不同，撕心裂肺的痛苦感觉是最让人难以忍受的，迫使人对疼痛给予特别的敬畏。疼痛无疑是人保护自我的天然预警机制。

心理痛苦是人独有的感觉。

某一天，我到一家著名的医院看病，当我走进诊室的时候，有一位死活不愿离开的年轻女人正在号啕大哭，医生颇有些不耐烦。年轻女人不是病人，她弟弟罹患致命肝癌的残酷事实让她无法接受。他们大老远来这家著名医院复诊，是希望能听到医生说出一句否定既有事实的话，但结果却令她肝肠寸断！眼前女孩的痛苦，不是自己身体的疼痛让她难以忍受，而是绝望的心理感受让她痛不欲生。世间大多数心理问题产生的不幸，都由绝望带来。

某日，我在京城遇到大学同学，他言自家大哥手掌时常疼痛，疼得厉害时，手抖不能持物且大汗淋漓，恨不能剁掉而后快。因为大哥年轻时候曾遭遇车祸，导致一只手完全失去知觉，是那种即使烫伤也不觉得疼痛的深度麻痹。但奇怪的是，这只手从此便经常无缘无故疼痛难忍。医生谓之曰幻觉疼痛！

据说北京某医院有办法根治，即找出传递疼痛信息的神经并手术根除。即使人家告知他们手术有风险，可能导致偏瘫。但相较难以忍受的长期幻觉疼痛的折磨，他们坚定了就医的决心。

幻觉疼痛不是真实的身体疼痛，而是一种埋在心里剔除不掉的想象疼痛，但它是患者可以真实感觉到的疼痛。幻觉疼痛即使不致人死亡，也一定能慢慢磨掉人活下去的意志。

非疼而真疼的幻觉疼痛，应该是意念、记忆、想象的疼痛。不是身体疼痛却胜过身体疼痛。为什么会有这样的疼法？幻觉疼痛都是人遭受巨大身体创伤，诸如断指、截肢后发生的悲情，即使时间过去多年，昔日完整的躯体出现残疾的现实，能让人随时勾起彼时巨大伤痛并感到疼痛，就如自己正遭受重创一样。

认识幻觉疼痛，让我明白了一些道理。假如一个人曾不幸遭受奇耻大辱，即使时间过去了很久，但因为大脑皮层已经有了难以磨蚀的受辱痕迹，每思之必然极度难受。而人生活在复杂多变的世界，如果我们不慎伤害了他人，被伤之人就会永世难忘，大概率会为自己埋下不可预测的报复性地雷。

19 聪明与狡猾

聪明，是指人的记忆与理解能力强，在知识与技能的学习过程中，有过人之处是为聪明。聪明主要是对人智力的评价，但现实中我们说某人聪明却不仅仅是对此人智力的评价，同时也是对此人品行的认可。

狡猾是指人阴险，诡计多端。一个人在做事、做人过程中实证非善良是为狡猾，狡猾主要是对人不良品行的标注。

显然，聪明是褒义词，狡猾是贬义词。但实际上，聪明的人虽不一定狡猾，但狡猾的人必定聪明。因了这点关系，聪明与狡猾，或者说聪明人与狡猾者并不好区分，我们说某人聪明，他似乎有狡猾的嫌疑；说某人狡猾，潜台词一定有说他聪明。但是，聪明的人虽可能变得狡猾，却不能说每个聪明人都狡猾；狡猾的人虽然聪明，却永远只能归于狡猾而不是真正聪明的人。

聪明与狡猾各有颜色，聪明往往呈现和平的白色，光明磊落；狡猾总是混沌的灰色，狭隘自私。

原石切割后，方能知眼前石头是珍贵的翡翠还是一钱不值的沙石。观人之所为，才知谁是真聪明，谁是真狡猾。凡把聪明才智用于为国出力、为民谋事上的人是聪明人，观其言行犹如原石切开后的翡翠璀璨。凡把聪明的心思用在危害他人、自私自利上的人是狡猾之人，他的下场犹如原石切开的无用沙石，必然遭人遗弃。

20 喜新厌旧

喜新厌旧总被人说成是贬义词。实际上，人之喜新厌旧，只要不是感情上的道德污点，并不是什么见不得人的陋习，而是让生活更好的“兴奋剂”。

喜新厌旧是本能，也是人类发展过程中逐渐形成的条件反射。如果说变化是生活，是自然生命的脉动，喜新厌旧则是变化的主旋律。

触发人喜新厌旧的力量是生存需要，既是生理需求，也是心理需求。

鼓励人喜新厌旧，能促进人类社会的发展。人之新，意谓年轻、力量；物之新，意谓好看、有用。新的东西大家都喜欢，但不容易得到，需要通过奋斗才可能得到。因此，鼓励人喜新厌旧，就是鼓励人不断与生活抗争以获得前进的力量。事实上，人类社会就是在无数喜新厌旧的奋斗过程中不断前进的。

抑制人喜新厌旧的力量是法律、道德、亲情。

喜新厌旧之所以常常面呈贬义，是因为人类明白：适度压制喜新厌旧是人对人自然本能的管束，否则一味地鼓励人喜新厌旧，则可能发生反人类的事情。例如，婚姻中喜新厌旧是不道德的，男方对女方的抛弃和伤害是婚姻中喜新厌旧的常客，那么定下保护女性的婚姻规矩是非常必要的。又如，人类的创新虽可以得到眼前、局部的巨大利益，但如果因此将来可能给人类带来不明的危害，则对创新的反对也是必须的。当然，以上难题的求解需要智慧的人来界定安全边界，完全打压人的喜新厌旧亦与反人类无异，适度遏制人的喜新厌旧则是人类能够继续前进的应有态度。

如果说，人对有形之物的喜新厌旧是生活的需要，那么，人对无形文化的喜新厌旧却都是生存的需要。

人类存在的几千年，是创造新文化和继承既有文化得以繁衍生息的几千年。那些有助于人类生存的既有知识、理念、习惯等，是人类总结出来维持生存的基本条件。从时间上讲，它们是旧的；从用途上讲，它们永不过时。勇敢继承，何乐而不为？当然，既有文化并不都是香喷喷的腊肉，对那些已经腐烂的部分，我们必须勇敢地站出来坚决剔除。虽然这需要勇气，甚至要付出代价。

人类要发展，创新、喜新是人类得以继续前进的动力，高质量地继承传统文化、遵守既有规矩则是人类基本的生存态度。

21 妥协

妥协很奇特。妥协不是处处无原则的退让，妥协是对立双方的互动，是双方在维护整体利益前提下的弹性进退。进和退都是为了发展。妥协的结果是新的平衡产生，而不是为了创建新的不平衡。善于妥协是生活的艺术。

妥协有很多表现形式，但其最终目的是保证事物按人的愿望继续发展。

人类社会因为妥协而使事情更好发展或者因为不善于妥协使事情中途夭折的事例何止万千。最显著的例子是国家之间、民族之间的战争，最后的结果一定是双方相互妥协后的力量平衡。各国的文明史都是如此，即使爆发不幸事件，发生战争，但新秩序的产生必定是对立双方或多方妥协的结果。

而人类生存法则更是从理论到实践都是妥协的结果。

人生不如意事十之八九，事业失败、被人欺负常有发生，愈挫愈坚、睚眦必报固然彰显刚烈，但却并不是制胜法宝。适度的妥协不仅能使自己得到休养生息，最终胜利者也往往属于我们。

成者为王，败者为寇。话语权是留给胜利者的。于是，人间万事真相与假相之间的较量贯穿于人类历史发展的全过程，不管它们是平淡无奇，还是滑稽可笑，或是惨绝人寰，只有妥协是优质润滑剂，成为最终解决各种事端最好的手段。

人要有往高处走的雄心壮志，更要有随时找台阶下的生活艺术。有雄心壮志是人往高处走的基础，而时刻为自己准备好台阶，人才能走得更远。万事硬碰硬或者遇事一味退让，事业必将失败，人必陷于困顿。

不管什么时候，不管你我处在什么样的环境之中，生活中遇事主动妥协是好的。退一步海阔天空，妥协是保证生活愉快、事业长青的法宝。

22 对与错

1949年3月28日，毛泽东和柳亚子同游颐和园，柳亚子望着颐和园鬼斧神工的建筑，感叹道："慈禧太后腐败无能，屈服于帝国主义的压力，签订了许多不平等条约，给中国人民带来了极大的痛苦和灾难。她把中国人民的血汗搜刮起来，建造她的乐园，真可耻！"毛泽东却说："她用建设海军的钱，建了一个颐和园，当时来说，这是犯罪。现在看来，就是建立了海军，也还是要送给帝国主义的，建了颐和园，帝国主义拿不走，今天人民也可以享受，总比他们挥霍了好吧！"

以上是网上的一段文字回放，是我见到的对丧权辱国的慈禧太后罕见的"好评"。

依着上面的思维，我突然也有了对类似人事的感悟。例如，四川大邑的刘文彩和他的刘氏庄园。

刘氏庄园的"著名人物"无疑是刘文彩。刘文彩是民国时期川西的大地主，他依乱世强权便利，假公济私，搜刮民脂民膏，在自己的家乡建成了大气磅礴的刘氏庄园。

从政治角度审视刘文彩，他积累的巨额财富无不是非法、违法、剥削所得，一分一厘都是穷苦大众的血泪。

从文化传承角度打量刘氏庄园，虽然当时的刘文彩建刘氏庄园的真实用意并非为了传承文化，但他还是无意间做了一件有重大文化传承意义的事情。

他花费巨资、遍请川内能工巧匠，在川西大邑县，把川西建筑文化之精华淋漓尽致地彰显于世。为国家、为民族、为后代保留了代表川西建筑文化最高水平的庄园建筑。

其实，历史上拥有如此正反功效的故事还有很多，不胜枚举。

明成祖朱棣、明世宗朱厚熜耗费巨资建筑和修葺武当山道观，使武当山成为天下道教名山。相对于明朝当时的财政状况，这无疑是一笔不当的投资，遭人诟病无可厚非。但今天的武当山之所以成为天下游客向往之地，有着深厚历史印记的武当“皇家道观”名牌功莫大焉！这无疑是当时建筑道观的决策者、建筑者没有想到的结果。

举例以上过往烟云，而且特别举例有是非争议的故事，是想让人们认真思考一个问题：我们，所有曾活在世上的人，应该如何做人做事？

生命如白驹过隙，人生如雨打浮萍。纵观古今，自然多是无数平凡甚至平庸者的历史述说。但每朝每代即使最黑暗的时候都必定有无数为民族、为国家努力打拼的杰出人物，他们为国家、为民族树立了永垂不朽的丰碑！他们值得后人永远纪念。也有不少人罔顾民族、国家利益，一切只为满足自己的一己私欲，他们可能坏事做尽，却不经意间在某些领域为后人留下可供怀旧、可供参考、可供教育的文化。当历史的烟云远去，我们很难言说其中的对与错；甚至一个十恶不赦的人，之所以仍被后人时常想起，除了他们的罪恶，也有他们无意为之的功劳。

我在这里不是为了包庇过往的恶人恶行并欲为他们树碑立传，我想说的是，人间为什么会出现这样的荣誉和矛盾复合体呢？

虽然人类社会的发展不以人的意志为转移，但因为私心的存在，导致人离不开名、利，导致炫富时代对、错答案的善变。时间是名、利的变量，导致人间名、利的颜色并非一成不变，它只在一定时间内保证正确，这符合人类社会螺旋式发展模式。在这个时代，人类秉持对、错二维评价体系，由于时间也是对、错的变量，导致人间一些事所谓对、错并非一成不变，它只在你我言语间保证绝对正确。对错三七开、错对三七开都是正常的，世界上没有任何一个人的所言所行是全对或者全错的，包括我们心目中的伟人。更何况，人类不仅是耽于享受的群体，当时间模糊了一些人的真实罪恶，功劳会被人时常想起。君不见，今天有多少类似“刘氏庄园”的有形文化遗产正享受级别不同的特别保护。

以唯物主义物质第一性、意识第二性打量世界，我们发现，之所以会出现以上矛盾复合体，跟物质有关，跟财富有关。因为每个时代都有富人存在，例如，封建王朝的皇室人员、达官贵人、雄霸一方的财主，都是那个时代的财富拥有者。他们无所不用其极地搜刮民脂民膏，目的是保证封建专制王朝的长治久安，特别是为了满足自己骄奢淫逸的生活。既然他们安于享受，当他们拥有钱财时，他们就会以此享受一个时代最好的生活，其中就包括建筑，如体现皇家气息的道观、园林等。他们彼时的吃穿有多奢华，后人自然不知道，但他们耗费巨资建筑的园林、庄园、别墅等有形文化却有幸留存下来。虽然这些建筑建造的过程可能是残忍而肮脏的，但是，这些凝聚了人类有形文化和无形文化的释道道场、皇家园林、私家庄园等建筑却没有任何罪恶。鉴于人类的使命就是为了过上越来越幸福的生活，这些代表了悠久、灿烂的历史文化，凝聚了劳动人民智慧的历史遗产是一个国家和民族曾经拥有的荣誉，是珍贵的、值得自豪的历史文化。

如此说来，既然我们每个人都不得不身贴名利标签活在世上，那么人的一生到底该如何言行才能心安理得于现世和将来呢?

如果我们一身正气，做到了为民族、为国家鞠躬尽瘁、死而后已，是否流芳百世自然不是我们应该思考的问题。如果我们严格要求自己，做到了不为自己刻意打压他人，不为小我损失国家利益，顺应时代潮流，品尝人生应有的苦难或幸福，尽到应尽的责任，即使难以流芳百世，也应该为此感到心安。假若因此还放心不下，非要百般思量身前身后名、言行对错，并夜不能寐，谁还有办法吗？恐怕也只有《三国演义》开篇词中“是非成败转头空”可以去除你的心中块垒。由此，我们不得不佩服词人杨慎的心思是多么缜密而通透啊！

23 大恩养仇

大恩养仇，一般解释是这样的：施恩者对受恩者长时间的给予后，受恩者便养成了习惯，以至于一旦施恩者停止给予，受恩者便对施恩者心生怨恨甚至反目成仇。

以上所言自然说得过去，但我却觉得此言对受恩者太过客气！因为受恩者无论忘恩还是负义，绝不仅仅是因为坏习惯使然那么简单，剖析深层次原因并谴责之，才能有益于施恩者，也有益于心存善良的人们，当然更有益于受恩者。

《农夫与蛇》《东郭先生与狼》两则寓言，中国人家喻户晓。人读之皆生忿，一则是因为善良没有得到好报，二则是因为施恩者是糊涂之人。

其实，以上两则寓言并不是古训“大恩养仇”的最佳故事选，毕竟施恩者不聪明，受恩者本性凶残，大恩养仇很自然。

大恩养仇的过程是这样的：因为不能自拔的困顿，受难者痛苦万分却束手无策。好在施恩者及时施以援手，他便因受恩而得以继续生存、渡过危机等。如此感恩戴德的好事，却出现大恩养仇、忘恩负义的丑恶，受恩之人必定秉性贪婪、好逸恶劳。本质上他不可能生感恩惜福的善心，却时刻有私欲难填的丑陋，忘恩负义何其自然哉！若要说受恩者受到大恩，因为时刻感念“滴水之恩当涌泉相报”，便可能因为思想还不起大恩而失德并心生厌恶于施恩者，可能有如此个别标本，却绝不是忘恩负义者的真实面目。如果非要如此说教，只能说施恩者糊涂。不问青红皂白地胡乱施恩，就像农夫温暖毒蛇，只能收获苦果。

一般来说，“大恩养仇”的不和谐存在，人们总是异口同声地谴责受恩者失德、忘恩负义。然而，凡事不会孤立的存在，出现大恩养仇，自然有受恩者的原因，施恩者也应担负不小的责任。

给人好处，不图回报，说明此人不仅富有，而且道德高尚。然而世上即使最心甘情愿的施舍，也都抱有目的，对人施恩能做到没有半点自我预设的目的是不可能的。至少图“好人有好报”的心情愉快。

而人的欲望是无限的，由于施恩者寄予受恩者从低到高、从小到大的各种期望，于是受恩者稍微的疏忽，都可能成为他责备受恩者的缘由，这是大概率甚至必然发生的事情。何况受恩者并非都有能力反哺，也并非都有德性愿意反哺。一方有要求，一方不能对等的给予，出现大恩养仇就很自然了。

如此的人间不和谐让人惊讶甚至厌烦，但却总在人类社会不断演绎。深层次原因是人的私欲作怪，私心搅乱了社会正常秩序，让贪婪有机可乘，让大恩养仇成为可能。

显然，因为人有私心，看似温馨的关系便成为滋生大恩养仇的渊薮。

人类社会就是人的社会，有很多不和谐实属正常。也因为事态发展和变化多少顺应了人类自私的本性。无论如何，人类社会都在磕磕碰碰中前行而不是后退，有点稍微的不和谐是人真实本性的表演，也是人类社会呈现的真实面貌。

24 人的能力

人类文明，相对于宇宙，仅短短一瞬。但在过去的几千年中，人类社会发生了让自己都惊叹不已的变化。特别是彰显现代文明的机械化、电气化、微电子、智能化在短时间里发生、发展并以令人惊叹的速度向未知的未来进发。据此，人类不仅满意眼前的变化，也对自己的能力充满信心。

科学表明，人虽然如此聪明能干却仅仅利用了大脑能力的十分之一，也就是说十分之九的大脑并没有得到开发利用。潜台词是说人的能力十分强大。

然而，我却不敢苟同，甚至有点莫名的担心，不顾及其他仅虑及今天著名的脑勤者：那些杰出的、仅用了自己十分之一大脑的各行各业的大家们过早发白，是否用脑过度留下的痕迹？那么，我们想象，当人之大脑被利用至十分之二、十分之五甚至开足马力用到十分之十的时候，人会出现什么样的变化呢？我想，变化一定会有的，相较今天人们用脑过度、未老先衰的模样，彼时我们虽然个个能力无限却纷纷呈现有异于审美意趣的“歪瓜裂枣”模样，我们应该悲还是喜呢？如此是否意味一个时代就此结束，新的文明要开始了？

未来，因为有了闲余的精力，人类开始把自己的认知伸向地球以外，意欲在太空和宇宙展示自己的能力，虽然遭遇了各种挫折，但人类并没有停下探索的脚步，且已经取得了相当丰富的成果。但我们要问的是，人类如此痴迷地展示自我能力，到底是因为人类自认能力非凡而为之？还是自知能力有限却不知道未来在哪里的盲动呢？

担心并非天方夜谭。从人类已经彰显的能力看，多少年过去了，人类仍然主要围绕适用于我们熟悉地球环境的既有认识及经验来思考、展示能力，解决问题，也意味着离开地球环境、适合新环境的其他人类的思维和知识我们并不太清楚。至少当下，人的思维能力是有限的，人的情感表达能力是有限的。

今天，人的思维能力并未能够做到恣意妄为，便自然会制约人探索未知世界特别是宇宙的速度与程度。例如，探索外太空世界，今天的人类只能以已经存在的工具探索，虽然这些不断改进的工具已经为人类探索外太空做出了贡献。但它们是探索外太空最好的工具吗？人类一直在揣摩外星人是否存在，可是人们想象中的外星人真是我们想象的模样吗？

人是动物世界的一员，人如何获得了目前拥有的能力，人最终会有多大的能力？其实直到今天，人类自己也没有完全搞清楚。那么，一个连自己都没搞清楚的人离开地球走向外太空展示自己的能力，令人担心。

我在这里百般怀疑人的能力，绝不是提倡要主动躺平，其实我真正要说的是，人类每走一步都不容易。每前进一步更是不容易。让我们致敬伟大的先知先觉者，致敬曾经努力却默默无闻的我们！

25 过程与结果

过程与结果事关哲学与辩证。

现实中，我们经常会为了结果，自觉地重视过程的完美以保证结果的实现。

事实上，虽然所有美好的结果都来自完美的过程，或者说所有的成功都是过程的成功，人们理应对让过程完美的人予以褒奖、对不注重过程的人予以警示、对过程失败的人以惩罚。但人们习惯的认知体系之所以只重结果，只对结果予以奖励和认可，潜台词似乎就是："结果好就成，我管你采取什么过程！"

有了这样的认识，我们便有所悟：重结果的人总是不参与过程却能享受结果的人，参与过程的人往往只能享受结果的暂时利益，结果的持久享受者多是只重结果的领导者。这是过程与结果的区别，也是领导者与常人的不同。

由过程到结果虽然是一般事物的演变规律，但认识与实践的辩证关系还告诉我们，过程与结果也可以是反向演变的：可以先有过程再有结果，也可以先有结果再有过程。因为事件是人参与的事件，那么，所谓结果不仅仅是过程实施后的自然存在，也可以是先于过程的想象性、预测性的先验存在。那么，虽然过程决定结果，但想象性结果却能先入为主地指导过程的发生、发展，有什么样的想象性结果就有什么样的实施过程也占据相当的比例。因此，出现如此看似不合常理的事情，人们虽不用专门质疑，但要相信能做先验理论、能做准确预测的人一定是各阶层的大家。

过程是人付出精气神的过程，既是人的幸福也是人的痛苦。为结果奋斗是人的本能，每跨过一栏就意味离终点更近一些。享受奋斗的过程很自然，但奋斗的过程既然是各种付出的过程，每跨一栏也意味可能摔倒甚至失败。古语曰："凭君莫话封侯事，一将功成万骨枯。"说的就是过程的残酷。

结果是人奋斗后得到的果实，它是人的幸福之源也是人痛苦的开始。因为人一旦享受结果就意味新的也许更复杂的过程又将开始，可能预示更好结果的获得，却也可能预示再也没有机会享受结果了。

坐吃山空、不进则退是自然熵增定律的注脚，为了生存，人的一辈子就是在过程与结果之间不断选择、不懈奋斗的一辈子。

26 眼界与境界

离开原单位到新单位上班，必然要购置新的物品，也必然会产生废品。

我当然知道只要对废品稍做拾掇、费点小力气就能到最近的废品收购站变现点儿小钱。但这次不行，不是我懒惰，也不是我看不起小钱，而是事先已有人告诉我单位某员工的父亲能上门收购，情理之中我自然选择了后者，并做好了白送的准备。

门开了，一个年纪较大、手里提着麻布袋、腰间捆着麻绳的“收废品模样”的人站在我的面前。

“您好，我一来就知道您了！”

“我一直在院子里收废品，大家都认识我，我女婿在单位上班，名牌大学毕业生。”

“啊，好的，好的，今天给您添麻烦了！”我笑言。

“没事，以后一有废品就找我，我有电话，随叫随到。”

几句寒暄后，这位“名牌大学生”的岳父便开始他收废品的工作了！

他走进房间，先在客厅张望一番，然后以最短的时间在厨房、卧室、书房转悠并留下了他的脚印。并未提前经过我同意。

“就这点东西啊？值不了几个钱的！不用称了，给你三块钱吧，其实值不了这么多钱，我这人总是做亏钱的事。”他言语生硬地道。

他放下袋子，布好麻绳，麻利地将小的纸屑、金属放进麻袋装好；大的纸箱则叠放在麻绳上面捆好，动作粗鲁，弄得满屋尘土飞扬。

“我先把纸箱扛下去，然后再上来拖麻袋，这些东西很重还卖不了几个钱，真费劲。”他嘟囔着。

仅仅十几分钟，“名牌大学生”岳父的一番神仙操作，竟让我起了深深的厌恶感。于是就在他把东西弄到门外并扛起“重且不值钱”的纸箱下楼的时候，我躲瘟神一样迅速关上了大门。

我不知道后面发生了什么，但我感觉他今天一定非常高兴。但有了这次不愉快的经历，以后家里的大小废品我都自己顺手带下楼丢掉，让需要者先到先得，有时竟也能看到他迅速捡走我扔掉的废品的背影。

不知道“有电话随叫随到”的他还有没有人找他上门收废品？对于辛苦的他来说，本来有机会让院子里几百户人家的大小废品都交由他处理。然而，如此大概率的事件在他身上早已落空，他只能继续以拣拾废品的身份到他熟悉的垃圾集散地碰机会。

某次我到一偏远城市出差，事毕想到附近转转，于是约好全程服务的的士。接单者是位女司机，我心里很是高兴，人生地不熟，女司机可能更好交流。

一阵你来我往的谈价后，便说好 100 元去回包干。双方同意，于是我们便高高兴兴地出发了。

似乎司机都有见面熟的本领，而立之年的她谈锋甚健，不仅把我要去的两个景点的来龙去脉、精华细末说得清楚，还顺便给我介绍了其他好去处，并鼓励我去看看，一定不要留遗憾。我说：“你们师傅真是流动文化宣传员、经济发展的好帮手!”她也不客气地说：“为外地朋友服务是我们的职责。”除此以外，她还顺便聊起了她的人生。

于是，我就知道了她是当地的农村人，高中毕业没考上大学，结婚后贷款在城里买了房子，也算是当地奔小康生活的先锋派人物。如今她的丈夫在外打工赚钱，自己在家里带小孩。等到孩子上学后，她便开的士赚钱补贴家用。

“现在环境好了，赚钱的机会多了，虽然家里暂时穷点，但是，我们还年轻啊！”她有着年轻人的自信。

“你们真不容易！我钦佩你的志气与勇气。”我笑答。

“不辛苦呢！靠劳动赚钱，心里舒坦！”她轻松又自豪。

“当然，我们比不了你们大地方的人，游山玩水的都是有钱人呢！”她开始把谈锋指向我。“你一个月工资多少啊，一定上万，我要能每月赚一万该多好……”

我当然不会与她谈那么多个人隐私，不仅仅是出于我不喜张扬的性格，或许还有点安全方面的考虑，毕竟我置身于陌生之地。

不到午饭时间，我已顺利完成任务决定返程。

“你真快，我以为你要转到下午呢！其他地方还去吗？我有时间，可以给你优惠些。”她真是一把经营好手。

“不了不了，我有事要回去的，谢谢你，下次有机会一定再麻烦你。”我心生感激。

“好的，那我们回去了，只是整个下午我都没钱赚了！”我没有正面回应她，因为我感觉她好像有点不大高兴。

或许人饿了就不再活跃，回去的路上我们彼此保持静默良久，直到车子进城她才又跟我说起话来。

“哎！我什么时候能像你们那样有钱啊？苦日子没盼头！”她苦笑道。

“不能这么说啊，我们的人生经历不同！”我笑着对她说。“只要你有信心，假以时日一定能实现你的愿望，有你的努力，有你丈夫的努力，你定能在小地方活出幸福来！”

“哎呀呀，你真会说话呢！”她听了我的话又高兴起来。

车很快回到我的住所，我从口袋里摸出一把钞票，从中抽出一张百元大钞递给她。“谢谢你今天给我开车，还给我讲了那么多知识，祝你发财！”我对她很客气。

“大哥你看，你祝我发财，你就给凑个188或者118呗！要发发、要要发多好啊！”她像是戏言也像是恳求。

“呵呵，好好，我这正好有个20元零钞！”我无事一样应和，其实心里已生不悦。

“一看大哥你就是个好人，下次还来找我啊！”她把两张钞票在手中攥得紧紧的，压根没有找我2元钱以满足她信奉吉祥数字的半点意思。

她今天可能很高兴，我本来也应该高兴的，不想最后却有了别扭的感觉。

这里很偏远，即使有好政策，但要人人达到她想要的理想生活，还要相当长的时间。如何让如她一般的人达到一个更高层次融入现代社会，我们还有更长的路要走。

差别是时代的最大特征。因此，再富裕的国家，都有贫富差别。于是我们便时常能听到这样的描述：贫穷限制了人们的想象。这说的便是眼界。

所谓眼界，就是人对世界已经存在的高大上的外在熟悉、理解、掌握的程度；眼界是欲望所结的一枚果实，眼界高低是果实的大小和品位。

古有“曾经沧海难为水，除却巫山不是云”之说，沧海和巫山都是指世上最美最好的东西。人只有站得高才能看得远；只有读过很多的书，才能写出优美的文章。同样的道理，眼界是人看到、听说、想象某种东西后所拥有的审美能力，眼界高就是人曾看到、听到、体验到高品质东西后的高级审美能力。

眼界与境界相辅相成，有了眼界，才有境界，眼界高的人，才可能有不同于他人的境界。有眼界、有境界的人才能成为有素质的人。没有眼界的人大概率会成为没有境界、没有素质的罪人。一个人穿戴之眼界、饮食之眼界、学识之眼界，能实证一个人见多识广、知识积累的程度和对事物本质可能的理解深度。

眼界是函数，世间所有是变量；境界是函数，眼界是变量。眼界既是变量也是函数，说明眼界既是实践过程，也是实践结果。

27 活着

男人能赚钱，主外；女人退休在家，主内。多么温馨的家庭。然而，如此神仙羡慕的家庭，却没有过上神仙般自在的日子，因为媳妇整天感觉身体不舒服，恨不能天天泡在医院希望医生为自己查出病来。即使各种检查做了，什么也没查出来，但她仍心有不甘，仍然频繁而虔诚地去最好的医院：查血透视、B 超、CT 不断。一个爱干净每天洗澡的人，非要人找到身上有虱子，你说难不难？

我回家过年，看望几位长辈，他们虽开口就说自己这儿疼、那儿痒，活着痛苦，但都言自己不是怕死，而是这么好的日子不舍得死。

欣逢伟大时代，赞美伟大祖国，文人们的长篇大论显得苍白无力；底层百姓一句“不舍得死”多么铿锵有力！我也立即明白了上面那位女主人心中之秘密，怕死是人的本性，因为条件好不舍得死才是她频繁上医院彻查莫须有病根的缘由。

有位同学聪明能干，事业有成。然言语间我知其生活也有缺憾，他肠胃不健康，不能吃多还时常闹点胀气、冒酸水、拉肚子等不适。虽为小病，时间长了，人自然就消瘦，尤比年轻时模样“单薄”许多。

我担心并关心之，这么好的条件，应好生到医院看看。

我同学颇不以为然，“我到医院看过，却查不出什么毛病。我总算搞明白了，人的命天注定，只要能吃能喝能睡，就没必要去看病。否则就是花钱买罪受。我现在从不上医院，不舒服了就自我调理，一旦能吃能睡了，我就觉得自己没灾没病了。”

“你现在不是吃得难受吗？拖久病变就麻烦啦！”我道。

“你不懂，人得病、得大病、病要恶化，说明人必须得大病！躲不了、治不好的大病上医院有用吗？”

我只能无语，同学不是讳疾忌医，也不是视死如归，而是太过洒脱！

如今，单位都把体检当成职工福利的必选项。因此，每到年关，专事体检的医院便人满为患，之所以如此，全因人们对待自家身体态度端正之故，唯定期体检最负责任、最为妥当，既没有过度，也没有拒绝。倘若如此还遭逢不幸，要罹患不可逆转的重疾，则只能像我那位同学那样认命了。

无常，是中国人对生命的无奈总结。大意是人活在世上，不知道自己什么时候会死，说走就走了。如今科技发展，有了先进的检测仪器，还有了定期检查身体的预防机制，使得很多重病得以提前发现、得以彻底医治，人就比原来长寿多了，也就少了无常的担忧了。

然而，睁开眼睛环视，真相依然让人愕然！

乔布斯如此有钱，能享受世上最好的医疗条件，能进最好的医院、找最好的医生、用最好的药，但这一切都没有挽回他的生命。

而在中国广西巴马，当地人的生活水平、预防治疗疾病的理念及方式方法跟发达地区还有很大差距。但巴马之所以名声在外并成为很多人羡之慕之的神秘地方，是巴马人拥有傲视中外的长寿成绩。

唉！古人瑟瑟于无常，难道今天的我们仍然只能瑟瑟于无常吗？

生，很简单，也很复杂；死，很复杂，也很简单。既然在相当长的时间内，人类还不能彻底认知自我，也不能掌控自己的生老病死，若我们既不视今天的无常为过去的无常而叹息绝望，也不视今天的无常为荒诞而无视无常，如此生存、生活，则活着似乎也很简单。

28 快乐

快乐是在欲望实现过程中，以及欲望最终实现时人的生理与心理的满足。

那么，人如何才能获得生理与心理满足呢?

世上没有无缘无故的快乐。

得到给人快乐。

得到是生命存在的必须，更是快乐的基础。撇开得到而谈快乐，都是虚伪的、骗人的。

以上说法我自认为很对，却可能引来他人的反感。因为很多人认为，得到不仅不是快乐的唯一源泉，而且真正的快乐也不是因为得到，而是因为给予。

可惜，我对这些人更反感。不管是老生常谈，还是现世新意，我认为此说肤浅。他们推崇的“无私给予”，实际上此给予不是真正不计回报的“给予”，而是与“得到”同名的“给予”。或者给予是人为达到特定目的的做秀，实际上是为得到更多而打的基础。因此，也可以说，此处的给予只不过是更高级、更隐蔽的得到而已。

得到虽然是快乐的基础，但如何得到、从哪里得到却能决定给人带来假快乐还是真痛苦。

不做违法乱纪害人之事，心有欲望并为之奋斗的人，是快乐的人。而一个人为正当欲望付出了却没有得到，无疑是痛苦的，但也可能只是暂时的痛苦，只要坚持就能收获快乐，至少能享受奋斗过程的快乐。

推而广之，凡通过正当努力获得的东西都能给人带来快乐，如生存欲望的实现，探险、猎奇、爱美天性的满足，一声爽朗的大笑与内心甜蜜的微笑等，最普通的事由都可能是人的快乐之源！

反过来，一个人如果不付出，或者以牺牲别人的快乐而利己，那么，即使他获得了快乐也只是暂时的，更可能是长久痛苦的药引。例如，恃强欺弱者、吸毒贩毒者，最终都没有好下场。

每个人都有自己的快乐。

伟大人物有快乐，因为他们知道什么是快乐，人类社会的颜色往往是伟大人物希望看到的颜色。

普通人有快乐，普通人的快乐来自追逐动物本能的过程和结果。吃好穿好，健康长寿、优越感等，快乐朴实却有价值。

如此看来，快乐很简单，每个人都有或大或小、随时随地的快乐。

快乐是个人的快乐，而人间共同快乐才是真快乐。

如何才能实现人间共同的快乐呢？

交流、分享是实现共同快乐的最好途径。

国家之间要交流，没有交流，就会失去日新月异的生机。人与人之间要交流，年轻人在交流中获得快乐，在分享中进步，一旦他们不再与人交流，会自闭、抑郁；老人因为没有了与人交流、分享的机会，会变得痴呆并迅速走向衰亡。

实际上，交流、分享不仅仅是人获得快乐的工具，也是“获得”的工具。与人沟通、分享能带来共同成长的利益；与人发怒、决裂只能两败俱伤。分享是人类早期集体生活带来的文化习惯，是弱肉强食时代礼赞英雄的仪式。人类社会的面貌处处都是交流、融合、分享后留下的痕迹。人要长久获得快乐，唯交流、分享最是细水长流。

世界复杂、生命有限，人要在有限的生命中享受快乐，并不是一件容易的事情。那么，如何才能获得真快乐、长久的快乐呢？收获结果、享受结果是人的快乐之源，但享受结果的快乐是低级快乐，因为结果保鲜时间短，快乐也很快会一去不复返。真正的高级快乐是享受实现欲望的过程，因为过程时间长甚至贯穿人的一生而具有生存的重大意义。当一个人真正享受到了实现欲望过程的快乐，他也一定是个不平凡的人。

29 小议教育

父母、子女存在的本质是享受亲情、传递爱意的一个过程。

父母给子女的爱体现在两个方面。一是基本的生存保证，如何让子女吃穿不愁。另一个是如何让子女掌握更好生存的技能，如何把子女培养成出类拔萃的人物。前者是动物的本分，后者是人的本分，做好这两件事，父母才是成功的父母，子女才是争气的子女。然而，千百年来，这两件事很难同时做好，即使做好一件也不容易。

无论是保证孩子们柴米油盐充足，还是保证孩子们德智体全面发展，教育功莫大焉。

关于教育，有人说是老师与学生之间的事，有人说是家长与子女之间的事，有人说是家长、老师、学生共同的事情。我们国家一直致力于办小学、中学、大学，努力为社会培养有用的人才，就说明培养出真正的人才很难，即使有最好的老师、最好的学生、最好的家长也不能保证一定达到目的！

到底难在何处？

人的天资有聪颖、愚钝之不同，人有伯乐、南郭处士之别。没错，若让南郭先生教授愚钝的孩子自然培养不出杰出的人物，教授绝对聪明的孩子一样误人子弟。然而，聪明的孩子与最优秀的老师相遇，一定能产出高品质的人才吗？

俗语有云："医者难自医。"即医生治不好自己和家人的病。为什么呢？

因为亲情和爱妨碍他大胆、正确地使用医疗手段。很难想象一名外科医生能自如地在自己亲人的身上动手术刀。

因了这点原因，我们明白，教育难，人才难出，自然有老师、学生的某些原因。然而，由于父母的存在，亲情便与理性较量于教育的全过程，两相较量才是决定教育产品质量的主要因素。当学生、家长、老师处理好了亲情与理性两者之间关系的时候，必然出现有教无类、人才辈出的局面；处理不好两者关系，特别出现亲情碾压理性的时候，聪颖的孩子沦为庸才毫不奇怪。

孩子有顽劣的天性，父母有享受传递爱意的权利，老师有教书育人的责任。现实中，三者时而相向而行，时而反向行之！结果是一代代的人来了走了，却总是仰天长叹者多，心满意足者少。

前路闪耀着温柔而顽固的羁绊，如何才能完美越过？

孩子身上不好的苗头，往往是人好吃懒做、散漫的本性，掐掉之，唯老师和父母能够下手，唯此能让孩子进步。

然而，父母享受和传递爱意的最好方式是给予孩子吃、喝和玩耍的自由。可恨这些无一不是孩子成长道路上的拦路之虎。是老师想千方设百计必须狠心掐掉的不良之花。无疑，这是父母与老师之间不得不面对的残酷较量。

父母让人教育孩子，老师替父母培养孩子，老师能不能遏制受教育者本性苗头的膨胀？能不能间接或直接阻止父母无节制宠爱留下的不良习惯？是受教育者能否成才的关键。而这些，老师说了不然、父母说了不算、孩子说了不算，唯有父母、老师、孩子异口同声才能达到目的。遗憾的是，教育的天空很难有如此声音出现。

某一天，我在网上看到一张图片：一只美洲豹咬着一只美洲凯门鳄鱼，上面附有“震撼，唯美，新奇”字样。画面血腥，但我却没有痛恨美洲豹残忍的半点意思，也没有给张嘴将死的鳄鱼半点的可怜，正像标题“唯美”的轻松，我竟也有一丝痛快的感觉。

我是胆小怕事、厌恶血腥的人，于是我想，假如换一幅图画，换成一只美洲豹撕咬一只小羊羔，上面打着“恐怖、血腥、变态”字样，不用说，我一定不忍直视并深深同情羊羔的不幸，同时痛恨美洲豹的残忍。

面对同样的残暴、疼痛、死亡，我为什么会出现如此不同的感觉差异呢?

美洲豹猎杀鳄鱼与猎杀羊羔，无疑都是残忍的，于生命而言，不存在鳄鱼比山羊命贱的说法。但是，因为人天性有同情弱者的情愫，仅仅因为鳄鱼会猎杀其他动物甚至会吃人，但羊羔吃草从不猎杀其他动物，于是，方才出现鳄鱼丧命人心愉快，羊羔丧命人生同情的不同感觉。

出现以上现象似乎是人的本性使然，真是这样吗?

杀人是最残忍的行为，但在军国主义、法西斯主义的蛊惑下，滥杀无辜却曾得到狂热追捧。

人生来平等无贵贱之分，但世界各地对人的贵贱高低划分给予了最大可能的容忍。

显然，以上所为皆是人的世界观、方法论指导下的言行结果。

那么，人的世界观、方法论是如何形成的呢?

毫无疑问，是人类教育使然。

于是，我们明白了：教育很重要，教育是手段也是目的，通过教育，人类出现各种言行都是合理的存在，即使它不可思议。

显而易见，如果受教育者自开学第一天便反复听说：鳄鱼是跟人有某种基因关联的近亲，而羊羔是世上最邪恶的动物。并积十数年的教育之功反复教育之，如此，我们还能有上面的印象与感觉吗?

教育可以将人变成好人，也可以将人变为魔鬼。

30 花非花

四月，因林徽因的一首《你是人间的四月天》备受文人赞誉。

清明，是中国人思念已故亲人的日子，也在四月。

大地春生与亲人不再的相遇，让人间四月天变得沉重起来！

然而，人类没有在悲伤中沉沦，再上路却是几千年的颜色。是故，清明思亲并非仅仅只为抛洒清泪，迎着四月春风、踏着春天的节奏迎接自由，不仅是逝去亲人曾经的愿望，更是后人生活的乐趣之一。

于是，四月，我也随着摩肩接踵的人流入园赏花，以应古人清明踏青之说。

北京玉渊潭公园是游人欣赏樱花和海棠花的好去处。

四月初的玉渊潭公园，樱花已然式微，满眼落红飘谢，仅存枝上残留。好在公园并不寂寞，樱花虽残，海棠花却正灿烂地开着，热烈满满，撑起玉渊潭公园应时的花事！

开花乃植物本分，一般来说，风媒植物花小、无味，一阵风来便轻松完成自我生命的延续，虫媒植物必须依靠花大、色繁、味浓方能引来昆虫完成授粉。但不管朴实无华抑或娇艳欲滴，亦不管花期悠长或昙花一现，自然天成，不做作矫情是花干净的素颜！

人类爱花、赏花精要，多是朵儿大的、颜色鲜艳的引人驻足、凝睇，花残而稀多易被人抛弃、忽略、冷清。

然而，我在玉渊潭公园却发现了一点与以上认识不同的反常：人群聚集最多处并非正绚烂怒放的海棠花，花色、模样已显逊色的樱花却是主角。甚至于一棵盛开有序、妖艳非常的海棠花引来众人照相时，若忽有人言此非樱花而是海棠时，人们便极度失落、匆匆离去。人们宁愿围着业已凋零的樱花遗憾，也不愿为盛开的海棠花送上称赞。

既然人爱花、赏花仅为博得心情愉快，弃热烈盛开的海棠而拥抱絮飞花残的樱花，如此为哪般？

人曰：与花无关，与人有关。

当花的大小、颜色、味道为人类认识并赋予众多思考，当花开花落等与花有关的其他被拟人化，花就变得不自然，人就变得狡黠。花被视之为美，美女被称之为花；花是花，自然之花自由绽放、凋谢；花非花，美、花、女人开始联袂存在、互为印证、互为因果，并幻化成凄美的组合。

花是美的，女人是美的，美之特别在于美以特立独行的品行、超凡过人的气质让人心情愉快，催人奋发，增添希望、勇气、力量。但在赞美、爱好、占有美的凡尘俗世里，天下之美价值独特而稀少，也预示着无辜的美随时都会成为众人争夺的对象。有实力的，巧取豪夺从不言多，暴殄天物亦不可惜；没能力的，哭天抢地、暗地垂泪；更有甚者，既美之不可得，便不惜使出黑白颠倒的伎俩变态锤杀美，直至玉殒香消而后快。

为满足人爱美、享受美的欲望，真诚善良的人、狡黠邪恶的人一起行动起来了。于是各种人造美出现了，美失去天然雕饰的本性，变质变味的美开始翩跹于人间。

美的稀少，使美自然成为本性自私的人不断品味、把玩、演义的对象，并最终让安静、平和、素颜、无辜的美，被强行置于人事是非旋涡，强迫披上人间道德审判外衣，平白演义出种种悲戚故事。

没有了安静、和平、素颜的底色，多了躁动、不安、虚伪的表象，花终于非花而成女人的代名词，女人终于像花而成花的代言人，花、女人、美从此成为人间万千哀婉故事的绝配材料。

杨贵妃之美让唐玄宗“从此君王不早朝，三千宠爱在一身”。然而，花美艳却总要凋零，解语花可人却最终玉殒香消；唐朝崔护在他的《题都城南庄》中“人面桃花相映红”的特写，完美、精准地将花和女人同台，妩媚于人间，直至今天；清朝曹雪芹遭逢家道变故，倾十年血泪写下巨著《红楼梦》，一首《葬花吟》，凄婉地将暮春自然飘落的花与女人的不幸联系起来，“今年花落颜色改，明年花开复谁在”的惜春之情在曹雪芹笔下变成了人间凄凉事。

如今，花不再是花，花是美的化身，是供人们欣赏的天使。同时，花也成为人们悲戚的对象。

将自然的花的美虚化为人的一种感受，而在自私自利的心思下，美不再是真实的美，花也不再是自然的花。

31 神秘的秘密

所谓秘密，一是客观存在的、人类未知的各种自然秘密：人不知道它们是什么？它们在哪里？需要花费多少时间、精力、财力才能找到？也不知道最后能不能找到？然一旦破解，就能让人类认识提高一层，生存得到更好保证，即探索真理。二是人与人之间的秘密，既为秘密又与人相关，秘密是一个人、一部分人知道却秘而不宣、严加防护的，而另一个人、另一部分人则千方百计企图窃取的有价值的东西。如果说，自然秘密中性而人能坦然对之，则人间秘密以自己独特的魔力从不消停地揪扯着世人的心。

人为什么要舍命保护或者获取有价值的秘密呢？

有价值的秘密是对人类社会能产生影响的思想、理论、方式、方法、资讯，因为某些原因不能被大多数人得知。

秘密因为有价值，才被人严加保护。有秘密的人在明处，想得到秘密的人在暗处，于是双方开始了保护与窃取的斗智斗勇，其结果必然是有一部分人会在破解、获得秘密过程中获得荣誉，也必有一部分人因为成功保护了秘密获得荣誉。当然，无论是保密者还是窃密者，一旦失败，往往都会受到严厉的惩罚。

秘密有价值，能让有秘密的国家、企业、个人利益最大化。可以利用秘密的硬实力获得别人无法获得的利益，也可以利用秘密天然拥有的威慑力来威慑别人敬而远之、得到尊重，以保证国家、企业、个人利益不受伤害并长久获得利益。

人有秘密便会神秘，神秘便拥有特别的力量。人的秘密可以是智力、体力，可以是后天获得的财富、地位等能力以及它们背后的故事。于是，一些人因为拥有神秘的力量做成了大事；一些人看似朴实无华，却因为他满身神秘便显得特别有力量。

男人的秘密很简单，男人是力量、能力、担当的象征，男人要有秘密并能在社会上获得财富、荣誉、地位，必须严格要求自己，练就基于自身条件的本事，拿出对社会有用的成果，不断发明创造，不断写出华章，不断演出好角色等。

女人的秘密也很简单，女人也要充实自己、练就本事，不断创造奇迹，收获成果。特别的是，女人是美的化身，是智慧的天使，在男女平等的现在，女人要很好地驾驭自己的人生，保留一点神秘是很重要的。

32 镜子

很早的时候，人与普通动物没有区别。

后来渐渐起了变化。人为美丽计、为保暖计，人开始裹严身体只露头脸，起初用树叶、兽皮遮羞，再觅他物遮体，后来缝精美的春夏秋冬装扮。随着衣物由简单到复杂，由实用性到装饰性，人的私密性越来越被在意起来。

然人虽贵为万物之灵长，与其他动物相比，也只长有两只眼睛，能看遥远的星球，能看咫尺的微末，唯独看不见自己的面容。是故古语曰："目见百步之外，不能自见其眦。"

若能有一对既能看见别人也能看见自己的眼睛不是更好吗？

然而造化是神奇的，它没有如此或许正是它的伟大所在，它了解生命，洞悉生命的秉性，看他人容易，看自己难。长一双能看见别人的眼睛，是为了让人真实地认识世界，改造世界，获得人自我不断发展的能量。而要看到自己，整顿自己的衣冠，漂亮自己的脸蛋，人则必须依靠他物才能达到目的。也就是说，人必须依靠外在的力量，才能让眼睛看到自己的模样。

虽然看不见自己，但人有好奇心，况且人一出生就有美、丑之别，于是美丽容颜、整顿衣冠之念想出现了，言语行动开始了，奇迹就自然发生了。

"江畔何人初见月？江月何年初照人？"唐朝诗人张若虚，以诗人飘逸的想象无意间道出人间一个秘密——自然平静的水面是人能看见自己的一面自然存在的镜子。

后来，人自觉俯首盛水照脸，盆中水是人发明的人造镜子。

再后来人类便逐步发明了可以专事照人的镜子。

镜，鉴也，让需要镜子的人看见自己，是镜子的功德。显然，第一个想到照镜子的人是了不起的，第一个发明镜子的人是伟大的。

于是我们知道了，人看重自我形象、百般不厌面镜而自视，是为了“正衣冠、美颜面”，悦己悦人。当然，镜子没有让人失望，它以其无私、正直的品德，成就了人的追求。

然而，人之所以珍贵，还在于人不仅仅知眼之所及的美丑，还明白人世间的善恶。《墨子·非政》曰：“君子不镜于水而镜于人。镜于水，见面之容；镜于人，则知吉与凶。”

于是，镜子一下子就变得不简单了。

正衣冠、美容颜，镜子助人完成了自我美丑的鉴别。为人者心之善恶，谁甄别？谁矫正？

显然，人类同样很难自我鉴别、矫正善恶品质。那么，人要成为品行俱佳的人，世上有没有一面“镜子”，它能使生性愚钝、道德欠缺、能力不强的人成为一个正直善良，道德高尚、能力非凡的人呢？

这面“镜子”存在吗？

显然，这面镜子是存在的，但它却并不好找，或许至今还没有人真正找到了有如此特殊职能的“镜子”，又或许人并不愿意自觉去找那面对“自我成长”至关重要的“镜子”。因为这面特殊的“镜子”是亲人、朋友、导师的教诲甚至敌人的毒言，是人类社会发展史上是非成败的经验教训。作为一面特殊的镜子，它不是只有赞美之词，更多的是指出人的不足。而且只有那些把“良药苦口”之言当成做人的镜子，并以此规矩、规范自己，通过不断克服缺点，发扬优点臻于完善的人才可能获得最后的成功。因此当唐朝名相魏征去世，李世民感叹曰：“以史为鉴可以知兴替，以人为鉴可以明得失!”一朝皇帝不吝赞美之词于臣子，可见魏征成功做了一面多么重要的镜子。

可以看出，照人脸面的镜子与照人心灵的镜子区别巨大。

照人脸面的镜子刚正不阿，喜欢者呵护、擦拭如新，镜子不矫揉造作；迁怒者使之粉碎，镜子哪怕最后、最小的遗存仍不改初衷：照该照的，现该现的。至于凸透镜、凹透镜、哈哈镜，仅仅给有心人以短暂的特殊需求，是娱人娱己的初衷为之，其有无并不会给人带来持久的影响。因此，它们并无特别邪恶之处。

照人心灵的镜子之所以特别，却在于它们不仅有正能量，其负能量更不容小觑。

对刚正不阿、肩负人类进步使命的人来说，他们从不满足于自己道德的高度，榜样力量的伟大，让他们一生都在寻求能不断启迪、帮助自己的照人心灵的镜子，镜子也不负使命让他们成为耀眼的星星。对不愿改变自己、顽固不化的人来说，他们首先会特别反感照人心灵的镜子，不仅不会感谢那些给自己忠告、提意见的人，还会想尽办法迁怒之甚至置其于死地。当然，照人心灵的镜子最终会抛弃他们，他们只能堕落成人类前进道路上猥琐的败类。还有一些人，他们倒是特别喜欢照人心灵的镜子，但他们不是为了让自己正直、善良，而是为了做假、害人。因为这些照人心灵的镜子并非正直无邪、疾恶如仇：它有能让矮看起来高，让胖看起来瘦，让丑看起来美，让美看起来丑的邪恶能力，它们是人间“哈哈镜”。一如那些见风使舵、阿谀逢迎的奸佞小人的无数存在！而且这些镜子之所以招人喜欢，还在于它们有主动祸害人的嗜好，不需要人去找他们，它们会在合适的时候、以合适的时机找上门，主动或者受人唆使去祸害需要它们照耀的人，从而一步一步实现它们的愿望，逐渐毁灭被照者的一切。

呜呼！镜子，并非人类生命存在的必须，却最终成了人类须臾不离的朋友。是人成就了镜子，还是镜子成就了人？或许没必要去思考这些问题。但是如何照镜子，如何选择照人心灵的镜子，却是人必须三思而后行的大事。

33 决定

2008年夏天，我到西南某市出差，每天在宾馆饭厅吃饭，价钱贵，味道也开始让人发腻，于是我决定到外面找家饭馆换换口味。

一家叫“流水席”的排档被我看中，我很快以回头客的身份，让老板变得热情并大度，每次结账时的小零头，老板会痛痛快快地给我抹掉。

一天傍晚，我来到“流水席”，径直挑了一个地方坐下。

“今晚吃啥子?”熟人熟事的妹娃上来笑嘻嘻地问。

“跟昨天一样，一根猪尾巴，一盘蒜蓉炒生菜。”这是我在此发现的既简单又实惠的菜谱。

“好的，一根猪尾巴，一盘蒜蓉炒生菜!”妹娃往厨房一声高喊。

“哎！妹娃，赶紧换台，奥运会游泳比赛马上开始咯!”我说着生硬难听的四川话“命令”妹娃。

“要得!”管事小妹欢快离开了。

此时，电视正播放着动画片《西游记》。奥运会期间看动画片，这不是乱弹琴吗！我心里不解。

“怎么啦，老板，半天换不过来嗦?”我四下找着老板，脸面上堆着笑容，心里已有些不耐。

“换！换！马上就换!”老板飞快递上遥控器。

“这就对了吗。”我拿起遥控器，很快调到体育频道。

"你娃儿就是不懂事哈，来客人了，你掉啥子眼泪嘛!"

很熟悉的声音，自然引得我寻声望去，我发现先前找遥控器却没找到的管事小妹正对站在她面前的小男孩半嗔半笑地埋怨。

于是我很快知道了那男孩是老板的儿子，也知道了他刚才正在看他喜欢的《西游记》儿童节目，当然我也知道了小男孩哭泣的原因。

"哎！幺儿看就让他看嘛！我不知道他在看，把遥控器给幺儿送回去。"我为自己的鲁莽自责。

"别理他，娃儿懂啥子！不懂规矩！格老子再哭小心点!"正忙着端菜的老板很是气愤，一只手在空中划着吓人的弧线。

我赶紧站起来对啼哭的小男孩说："把遥控器拿去，叔叔不看了。"然而，小男孩似乎明白了什么，自然没敢接遥控器，只是惊慌地扫了我一眼后，飞快地离开了饭厅。

小男孩的哭声听不见了，我的菜也上齐了，菜的味道跟以前没什么两样，但我却一点胃口都没有，匆匆扒拉几口便准备离开。

我的反常急坏了饭店老板，他跟在我后面连声道歉，说奥运节目已换过来了，下次绝不会出现这样的情况，他一定好好教训不懂事的娃儿，云云!

老板对我无疑是真诚的，因为我离开的时候，小男孩的哭声和老板的吼声又交替响起来。

唉！无地自容啊!

对小男孩来说，看动画片的价值比我看奥运节目、比老板赚钱都要珍贵很多啊！遗憾的是，老板不懂这些道理，我懂道理却直接做了不懂道理的人。

由于自己未作思考的行为，小男孩在那一刻一定痛恨我吧，他灿烂童年里美好的一天突然变得如此黑暗。或者男孩也会抱歉于我。但自那以后，我再也没有到"流水席"吃饭，对开餐馆的小老板来说，或许这算得上是一件很严重的事情。

一件小事，一次自然、不经意的举动，却造成了对几个人不同程度的伤害，这是我万万没有想到的，但它却真实地发生了，而且，造成的不良后果让我根本没有挽回的机会。

我们生活在一个复杂多变的世界，为了生存，为了利益，人的一生必须做出许多决定：有深思熟虑、反复推敲的，有敢说敢做、当机立断的，有犹豫不决、瞻前顾后的，也有不假思索、随意为之的。那么，我们该如何评价这些承载了人的良心、品德、性格的决定进而评价一个人呢？

以结果评价决定，评价做决定的人，似乎没有什么不对，但是，这是我们评价一个人的最好办法吗？显然不是。以结果评价人，世界会有多少后悔的事情发生？但多少事是不能反悔的！如此，我们如何向当事人、向历史交代？

防患于未然，是最宝贵的人生品德。我们不能因一个人无意识的过失而为之百般辩解，或因其有当机立断的气质而盲目喝彩，或因其优柔寡断的性格而横加指责。心怀善良地深思熟虑，是我们做事的基本前提和良知。如果明知言行会伤害他人，或者不计后果地做决定，无论该人品质多么优秀，动机多么纯洁，环境多么特殊，结果多么美好，都不应该随随便便原谅他。

但愿我们都能明白如此简单却价值无限的做人道理。

34 神奇的睡眠

凡动物，一生只做两件事：睁眼活动，闭眼睡觉。前者为生活所迫，后者为生命所需。

人为了活命而与人斗争、与自然斗争数千年。但是对睡眠，我们思考很晚，了解不多。即使今天，我们仍然只能说，睡眠的存在是万能的自然法则。人类已经了解很多与睡眠有关的事，但睡眠为什么如此存在？如何发挥作用？并不为人完全知晓。就像我们并没有弄清楚人为什么存在一样。或者说，我们也仅仅知道这点常识：违背之，则要受到惩罚；和谐之，便能享受自然的恩赐。至于为什么会这样，没有人说清楚过。

睡眠从静，是休息的代名词，是生命的充电器，是心情愉快的力量。睡眠看似脆弱却能量强大。

人不休息会死，睡觉是人获得休息的首选。

历史上，达·芬奇曾尝试不睡觉、少睡觉以获得更多工作时间，但最后他也只得缴械投降。不睡、少睡让他痛不欲生。睡眠是生命的一等补药，药补不如食补，食补不如睡补。是故清代医家李渔曰：“养生之诀，当以睡眠居先。”睡眠是治疗疾病最神奇的“药物”。“睡一觉就好”是人们常常挂在嘴边的习惯性语言，是故人都有这样的经验：感冒发绕、头昏脑涨等小病，不用吃药，一觉醒来便神奇痊愈。即使不幸罹患大病，医生仍是建议病人多睡以利病体康复。睡眠能让人片刻失忆，但睡眠的存在，却能让人从悲痛、苦难中走出，继续新的生活。

除却为生存不得不从事各种劳动，人是最奢求不动的“静物”。睡觉是人实现静态最完美、最舒服的状态。常言道：站着不如坐着，坐着不如躺着，躺着不如睡着。人的任何活动都是被生命所排斥。但是，自然并不刻意迎合人的喜好，如果一个人认为“不动也能活命”，事实上这个人将因此生病、快速死去。可是，自然又特别善待人，不动的睡眠是人孜孜以求的静境。一个人可以几小时、十几小时安睡，不仅不会生病，还会因睡眠充足而得到养生、美颜、治病的大礼。更有极致者，冬眠的动物甚至能安睡几个月也没有任何生命危险，春天一到，立即生龙活虎。

人类生活需要真实的存在——真实的生命，真实的物质，真实的力量。这些“真实”是人能活下来的力量之源。但人是血肉之躯，是集坚强、软弱于一身的特殊动物。适度的安慰、虚幻的满足看似没用却为人所必须。只有当物质满足与精神满足同在，人才会感觉到幸福的真实存在。

睡眠正是能给人提供美好虚拟环境和幸福的大师。不管是谁，睡眠都会不分彼此地给予安逸、梦想。而且，睡眠中的梦境，拥有虚拟与现实的双重身份，不是真实的存在，却能给人灵性、启迪、激励。梦境与现实的差距赋予了梦境特殊的品质，使梦成为生活的特殊补充，并能让人把安静、干净、纯洁、美妙的虚拟梦境，变成现实存在。如此，千古笑谈之南柯一梦虽看起来为笑料，谁又能否认它曾对淳于棼所起的巨大作用呢。

睡眠是大自然赐予人类最强大的生存武器，人困了要睡、病了要睡、做梦要睡、忘掉苦难要睡。总之一句话，睡眠能保证人类生命存在，是一切苦难境遇的全科医生。睡眠为什么有如此巨大的力量呢？我们不知道，我们只知道睡眠还有更多的神奇让人瞠目结舌。

世界是对立统一的矛盾集合体，造物主要求人必须活动才能活命，又要求人必须睡眠才能更好地活命。睡眠看似强大，但睡眠同时也是不堪一击的代名词。

睡眠让生命体停止活动以积聚力量。但是，再孔武有力、智慧非凡的人，睡觉的时候都是生命最脆弱的时候。人在睡眠时，免疫细胞活力加强，生长激素分泌激增，但一切危及生命甚至死亡的危险也都在睡眠中产生。睡眠让人安逸，安逸让人麻痹，强者于梦境中被弱者击毙是常有之事。

冬眠是动物适应环境需求的深度睡眠，是生存的至上境界。但动物冬眠时，其免疫系统是不工作的，因而动物更易遭受意外，冬眠会影响动物的记忆，降低其神经活性，断开神经元连接。试想冬眠醒来，虽面如桃花，却成了一问三不知的傻儿，谁还敢冬眠呢？

如果我们把生命的历程看成趋于至臻至善的过程，那么死亡既是生命的终点，也是生命归于至善境界的归宿。

磨难与不甘是生命通往至善境界的阻碍。人穷其一生，都在对自然界白黑、动静、冷热、阴阳等南辕北辙、对立统一的自然奥秘做不懈的破译工作，以对抗生存的阻碍。但直到今天，无人敢言已经明白自然奥秘，更没法与死之至善境界做最亲密的接触。但睡眠似乎例外。生存与死亡，人类积几十年生命之力，苦苦挣扎其间却不能随心互访，睡眠却以介于生死之间的生命的特殊存在过程，简单却神奇地充当了沟通生命生死的使者。以似死非死、非死似死的神秘状态近乎完美地完成了生与死最直接、最亲密的接触与对话。

如此，睡眠给了我们伟大的启迪。在自然界，凡类似于睡眠的状态、形式——脆弱而强大、似真而是假等混沌不清的自然状态——一定是自然界最神秘、强大的力量。

据此，为实现人类由自然王国走向自由王国，必须创造、发现各种类似于睡眠的“神奇存在”，才能彻底解决人类遇到的一切问题。

如何实现呢？

聪明的中国古人似乎早已发现了其中奥妙，并为人类提供了独具特色且完整解决问题的理论体系，那就是中国中庸文化及其实践。可以这样说，世上凡拥有中庸本质的一切存在都拥有自然界强大的力量；而那些号称最厉害、最强大的存在，不管是硬实力，还是软实力，如果失去中庸的实践可能，所标称的强大、厉害，其实是弱小、懦弱的宣言。

睡眠，人类熟悉又不熟悉的自然存在，是生命所拥有的最神奇、最值得敬畏的力量。

35 理解幸福

朋友患了肝癌，整个人既消沉又绝望。

朋友来自农村，大学毕业后供职于省城一家大型建筑企业，十几年的打拼，由见习生、助理工程师、工程师、高级工程师到总经理，经历了令人羡慕的金榜题名、洞房花烛、建功立业等美好时刻，而此时，该死的肝癌马上要将他的生命终结，怎能不悲痛欲绝。

某一天，朋友住的病房来了一位垂头丧气的男子，陪他进来的是他的老婆。依他们的衣着、神态、言语，朋友判断他们应是从农村来的。

朋友用一双毫无光泽的眼睛死死盯着他们。女人很惶恐："大兄弟，我们乡下人不懂规矩，给您添麻烦了，我们家穷，男人一病，日子没法过啊！"言毕，眼泪顺着女人皱巴的脸流下。

"什么病？"朋友鼓着眼生硬地问。

"医生说是肝癌，叫我们回家准备后事。我们村支书有文化，是老高中生，他说不能让活人在家里等死。便筹钱叫我们到省城大医院做检查。检查啥呢，肝都长东西了！"边说，女人的眼泪又滚了出来。

"哭啥呢，我才四十几岁，和他一样的归宿！老天不公！老天不公平啊！"朋友双眼噙满泪水。

"我还不到四十呢。"一直没说话的农村男人嘀咕了一句。

"我老家也是农村的，农村山好、水好、空气好，自由自在的，你怎么也会得病呢?”朋友脸上露出不解。

年轻病人的到来，似乎让朋友有了某种同病相怜的依靠，他的病虽说没有好转，但精神却比原来好多了。

新来的病人没闲着，一连几天进进出出地检查不停，他也就木偶一样由着大家折腾。

某一天，病房里突然聚集了好几位医生。朋友一惊，认为年轻病人可能来日不多，于是表现出深深的同情。

“你是什么时候感觉身体不适的?”医生问。

“五六年了。”病人答。

“家里人有得癌症的吗?”

“他们都很健康，爷爷、奶奶都八十多岁了。”

“你说你六年前曾从树上摔下过，在家躺了个把月?”

“是哩，肚子痛了好长时间，没钱治呢!”

“经过我们仔细检查和反复会诊，我们现在可以郑重地告诉你，你没得癌症，你肝上的确有一块像肿瘤样的东西，但那不是癌，可能是你摔伤留下的疤痕，现在只能这么判断。但你能挺过来，真是奇迹！今后只要别太劳累，加强营养，它对你的身体没有致命的危害。”医生笑言。

犹如一道春天的惊雷!

泪崩、失语、兴奋!

“回去后不种那么多田了，你不能下大力气，干脆养鸭子。”医生走后，女人拉着男人的手道。

“你以后也要注意身体，又当娘又当爹我心里不好受。”男人泪道。

“不就是累点、穷点，只要你好好活着，我什么都不怕。”

两人像是刚从奈何桥折回，对生表现出特别的怜惜，抱着哭泣。

第二天，他们向朋友告别，临走时男人特别对朋友说：“老哥，别怕，叫医生好好检查检查，兴许你也根本没病。你说农村好，等你病好了，一定来找我们，我们一起放鸭子，一起享受农村的好山、好水、好空气！”

相视无言，唯有泪千行！

他们带着生命的活力回家了，我的朋友却在几天后永远地闭上了眼睛。

朋友是成功的，因为他享受到了自己努力的成果，人间的各种热闹、礼遇曾经让他心满意足；但朋友又是失败的，生命过早消逝，说明他曾经给自己的生命留下了不可饶恕的伤害。

那个年轻病人呢？他是失败的。不管什么原因，因为他没有享受过荣华富贵；但他又是成功的，他可以在那个好山、好水、好空气的环境里，像他的爷爷、奶奶一样高享长寿之福，寿终正寝，是多么令人羡慕的生命历程啊。

幸福为何物呢？

世界上有四种人：有志者、享受者、恐惧者、浑浑噩噩者。虽被冠于四种不同的称谓，但影响他们生存的力量场却是共同的。人生苦短，生命无常。不同的是，有志者认为要成功只有超常规奋斗；享受者认为，既然来世上一遭，就好好地享受生活；恐惧者要去掉心中的恐惧，只能求助于虚无；浑浑噩噩者生活无着落，只能稀里糊涂地过日子。

为此，我们不妨一一走进他们的世界，看看他们的过去、现在、将来。

有志者的力量来自中国儒家思想的熏陶——修身、齐家、治国、平天下。这无疑是积极的人生态度，必须以艰苦卓绝的奋斗，来换取财富与荣誉。但有志者往往“动”之过甚，虽然人类社会的每一点进步都记下了他们的功劳，他们理性的光辉也长久地影响后人，但他们的身心总会饱受摧残，很难享受到“颐养天年”的礼遇。

享受者多是权贵、富人之后。他们生在显赫、富贵人家，无需奋斗也能跻身上流社会，享受旁人没有的一切，但他们享受的财富，因为都不是自己努力奋斗得来的，这不仅让他们过早地丧失斗志，还让他们养成恣意挥霍的恶习。他们对痛苦和幸福的界限不清晰。他们没有奋斗的激情，要么养尊处优地虚度年华而毫无建树，要么因赖以生存的物质基础突然消失而失魂落魄。其结果都是被有志者无情鄙夷，遭无产者可怕觊觎。

恐惧者的精神支柱深邃而有效。他们寄希望于虚无，并通过在生活上、精神上的身体力行，获得来世幸福以拯救现实苦难中的自己和他人。他们的幸福装在心里，像做梦一样美不胜收，但“静”之过甚或刻意为之，不仅享受不到生之荣华富贵，也少有“人过留名”的哀荣！但作为人类思想的组成部分，他们的思想虽是躲避世俗风霜的港湾，也常常遭受鄙夷和责难。

浑浑噩噩者无思想、少知识，数量庞大。因为这点，他们无成功者的喜悦，无能力享受人生，只能在思想上、行动上接受他人的支配，满足于有限的生活。但是，他们并非一无所获，正是由于浑浑噩噩，使他们顺应了自然生命的律动。动静相宜的结果，是他们虽不曾名利双收，但他们获得的尊重和幸福感亦来自他们的长寿。人虽长寿但终究要死去，死后便迅速归于永寂。

从发展的角度看，有志者创造了社会财富，推动了社会发展，他们是充满活力的社会必须珍视的人群，一切让人们追求上进的言行都应该被充分肯定。享受者及时行乐是天经地义的事情，从生命的角度审视人生，人类社会发展的终极目的就是让所有人享受快乐。恐惧者的人生追求，虽理想多于现实，但心灵的安适终将折服众人。浑浑噩噩者更有他们存在的价值，让社会绚丽多彩、充满活力。

人的一生，幸福不幸福，因人而异，因境而异。凡尊重个人意志而又不伤害他人意志的生活，都会使人享受到幸福；凡违背本人和他人自由意志的生活，都无法谈幸福。

36 满足与不满足

2004 年初秋，我已 87 岁的父亲因严重的心脏问题紧急住院抢救。一连几天，体外心脏起搏器的黄绿灯在床边一刻不停地闪烁，病危通知书已下，父亲最终能逃过此劫，实属不易。

这是一家三级甲等医院，本地的医疗中心，父亲住在“心血管及肾病”病区。

除父亲外，病房内还有两个病人。靠窗的一位 70 岁左右的老人因持续心绞痛住院，天天挂吊瓶，而每天吊瓶刚结束，他便哎哎哟哟地哼唧，手在胸部不停地搓揉，可知心脏痛得多么厉害。靠门的病人是一位约 60 岁的妇女，她因头晕住院，医生说是颈动脉血管硬化。她只是上午到医院挂吊瓶，完事便回家。也许由于相对年轻，她的状态与两个垂垂老矣的男性病人完全不同。每天进病房的第一件事便是将她打麻将的情况向周围的人强行通报一遍，声情并茂、手舞足蹈。

三个病人，身世不同，病情不一，世界在这里浓缩。

我家在农村，父亲的身份自然是农民，87 岁的父亲能顺利住进当地最好的医院，是因为他有一个在省城工作的儿子。我拿钱给父亲治病，姐姐日夜守在床前陪伴，很是让同病房的病人及家属羡慕，他们一边将羡慕的目光投向病恹恹的父亲，一边不忘送给我们许多赞美之词。其实，我很惭愧，我在父亲身边的时间很少，哪担得起孝顺的美名。

经过几天的治疗，父亲的病渐渐好了，高兴写在儿女的脸上。我们因为父亲身体恢复健康感到高兴，我们因为细心照料父亲而得到人家真心羡慕而高兴，我们因为能在父亲病危的时候出一点微薄之力而高兴！

但有一天下午，这种美好的感觉突然消失，护士提醒我："你们该交费了，最好今天晚上，最迟明天早上必须把钱交了，否则停药！"这是来自一个年轻护士友好的提醒，她转达医院真实的规定。而且从内心讲，她们对父亲极负责任的关心和照料，让我心存感激，但她的这句话，几乎毫不费力地掐住了我的死穴。这次给父亲治病，每天六百余元的费用像河水一样流逝的时候，我的心天天悬在半空。好在父亲很快好转，不到十天竟就可以出院了，我与姐姐高兴之余，想到住院花费，又很感心痛。父亲大概感觉到了一点异样，出院的那天下午，竟然像个孩子一样望着我们说："你们花了这么多钱为我治病，我要好好活着，不然我对不起你们！"听了这话，我和姐姐落泪了，我们感到无地自容。

病房中，靠窗躺着的那位老人是一名退休干部，除了疼痛时的哼唧外，话特别少，但从与全天守候在他身边的老伴的聊天中，我们也知道了老人家的一些情况。

夫妇俩原籍荆州，干部下放举家来到荆门，最后从一家大型企业的工会干部任上退休。男人读过小学，但家里人多，家境不好；女人虽是文盲，但家里就她一个宝贝姑娘，女方家境好于男方，于是男人便入赘当了上门女婿，依旧俗改姓女方姓，儿孙也都随女方姓。这是老太太告诉我们的大概。老太太个头不高，且胖，保养得很好，看上去比实际年龄小。老太太无疑是爱着男人的，每次喂饭，老爷子并不十分乐意老太太的举动，经常欲夺饭勺，又被老太太温柔挡回去。几番较量，他便很听话地捂在被子里不动了，老太太便像照料自己的孩子一样。"入赘"二字，对我们来说很稀奇，老太太则表现出一种特有的自豪："我们家老头子人老实，太老实了，不然绝不会是这样子!”我没弄明白老太太“不然绝不会是这样子”的真实含义。但我能感觉到，正是因为老伴的老实，老太太才会有如此豁达、开朗、自足；当然老爷子也才能享受到来自老太太无微不至的照料。人生的变数谁能说得清楚呢?而老太太的健谈，从没有引来老爷子半言只语的怪罪，倒是我们杞人忧天了。

他们育有六个孩子，三儿三女，大儿子、大女儿都已年近六十，最小的儿子也已四十出头。逢年过节团聚时，家里都要摆上满满的两大桌。乍看起来，老两口的晚年生活应该尽享天伦之乐。我们感慨：“二老真有福气，三个儿子三个姑娘，让人羡慕不已呀!”然而，这次我们却没有看到老太太幸福的笑脸，只听到了意外的声音：“唉！孩子多有什么用？不如你们啊。你们多孝顺呀！他们爸爸病了，你见有谁来过？有谁来陪伴？上次他爸做胃切除手术，三分之二的胃都割了，一样没人来守夜，只我一人顶着。问起来都说有事，匆匆忙忙地来，又匆匆忙忙地去了，连水果都不拿一点来。老头子每月一千二百元退休费，六个人盯着，什么都不让我们买，冰箱不让买，电视不让买，说得多好听呀，叫我们尽管买东西吃，免得留下财产扯皮拉筋伤感情。实际上他们每天到我们家吃饭，那点工资全开了伙食，他们是叫我们买东西给他们吃哩!”老太太有少许激动，没有怨恨，却不少无奈。对二位老人来说，现实并不如想象美好，甚至颇让老人不快，满足无从谈起。但他们应该有过满足的时候，两个年轻人走到一起，并带来六个充满希望的孩子，又变成现在让旁人羡慕的人丁兴旺的大家庭，怎么不该满足呢。

父亲出院那天，老太太特别问我们一共花了多少医药费，我说我们花了将近6000元。没想到老太太马上兴奋地扯了扯老伴的被角，骄傲地望着她的男人说：“我们不急，我们的医药费公家都报销哩!”此时此刻，我发现特有的满足在老太太的脸上久久不去。

相对病房中两个风烛残年的老男人，靠门住的女人活力四射，说话声音洪亮，对生活充满热爱之情，似乎世界上没有让她不高兴的事情，每天如上班一样准时进出麻将场的输或赢特别能给她快乐。据说，她老伴已不幸故去，儿女万事由着她，拿钱给她，想怎么玩就怎么玩，只要她高兴就行。可以看出，她没有让儿女们失望，满足总是挂在她的脸上。

说完别人可以来谈谈自己了。

某年夏天，南国的阳光灼热难耐，我们几个在南方出差的北方人便想去看海。到海里游泳，成了大家的首选。我说我不去冒险。朋友说："怎能不去呢！千里迢迢来到海边是一件不容易的事情，谁能保证有第二次。再说，海滨浴场，多么浪漫、神圣的地方。"于是我们便分乘几辆载人摩托车向当地的海滨浴场奔去。

这是一片简陋的海滨浴场，不见花花绿绿的人群，也没有我们想象中的浪漫，但这并不妨碍朋友们的兴趣。

我是坚决不下水的，当朋友高兴地扑向大海时，我则拖来一把椅子躲进了遮阳伞。一瓶"康师傅"绿茶和一袋咸味花生米放在我伸手就能够着的地方。随着一粒粒花生米慢悠悠地被送入口中，又有特别清香甘甜的绿茶恰到好处地烘托，极目大海，我便感觉到自己的心开始蓬勃地跳动。我开始佩服朋友的真知灼见，的确应该来。

咸湿的海风迎面吹来，蓝天、白云、海风、海浪，这些美好出现在我的眼前，我下意识地闭起双眼，任莫名的激动在心底翻腾荡漾，原来美好生活就这么简单而又现实啊！恍恍惚惚地，我脑子里很快闪过电视、电影中的情节，便觉得自己好像也是某个了不起的人物——经过奋斗而成功的大人物。

畅想的感觉很美好！然而，三个小时后，当下海的朋友们感到困乏，我们收拾衣服重新坐上摩托车准备回家时，摩托车老板硬要五元车费，我则坚持只给四元的争吵，迅速地让我那点美好的感觉无影无踪。

说到这里，一定有人认为我像个天真的孩子，要不就是有些心理缺陷。其实，我当时的头脑非常清醒，清楚自己的现实处境。一个靠薪水过日子的人，怎能与腰缠万贯的“老板”相比。而且，在一个并不起眼的海边浴场，普通的蓝天白云景致，便让我感受到了高级感，极自然地让人联想起“南柯一梦”。奇怪的是，至今我仍然认为并没有什么不妥！既然说到南柯一梦，我从心里很羡慕淳于棼，毕竟他曾体验到一刻“真实”的满足，虽然马上又虚幻了。对我来说，我同样满足有这样一刻，让我体验无比的快乐。更何况，现实中能让人满足的事情不是太多，而是太少了，找点乐子有什么不好呢？

我们每个人都有属于自己的那份独特的感受，都有自己或多或少的满足与不满足，小人物有，杰出人物也有。杰出人物通过一生的努力，使其梦想最终成为人类社会不断进步的积累。普通人的满足，由于知识的缺少，人生经历的平凡，则大多停留在对生存欲望的满足上，他们享受认识所及的满足。不用举很多例子，这些满足写在千千万万普通劳动者的脸上。

但正是因为我们认识所及的满足，世界才充满活力与和谐。

当然，因为满足是一种惰性、全方位的松弛，他给人一时的快慰，却也消磨人进取的雄心。而且，人类追求满足的动力来自个人欲望的获取，满足往往与痛苦相当，就像阴阳、正负的如影随形；过分追求个人的满足，当满足的私欲膨胀到极限时，往往会走向反人类的泥坑。

那么，什么是真正的满足呢？如何才能体验、感觉到真正的满足呢？

其必曰：人类满足的原因不再是因为获取的多寡，而是一种发自内心对于生命和时代的感激之情，满足属于全人类，是真正意义上的满足，唯其如此，我们这个星球才是真正适合人类居住的乐土。

37 命不由己

谈生命，必谈生与死。

生，是对生命最大的奖赏；死，是对生命最大的惩罚。是故，生命一如放飞的风筝，风筝游弋蓝天自然美丽，断线则会跌落地面。

我不知道其他动物是否明白死亡而生悲哀，但我知道，人明白自己终将死去，且很多人一生处在死亡的恐惧之中。求生避死是动物的本能，更是值得尊重的人类价值观。

古往今来，不知有多少人曾将自己的无限感叹寄寓于人的生与死。哀吾生之须臾，羡长江之无穷；兴尽悲来，识盈虚之有数。但也只能哀叹而已，无论依凭法术、巫术、医术，无法奢望永年。

生命无比珍贵，死亡最为恐怖。在生死的欢愉与痛苦中，人是如何演绎自己短暂的生命历程的呢？

人是认知生命中的最高形态。但自然并没有给人特殊待遇，生命不仅“无奈”还很弱小，越高级的生命越显脆弱。人的生命历程是所有生命中“命不由己”的典型代表。

人在最美好的年华诞下后代，对父亲、母亲来说，这样的欢愉是美好的；可是对新生的孩子来说，却也是命不由己的未知的开始，这里的“命”可以是人之流年命运，也可以是有血有肉的生命。

有些孩子一出生就体弱多病，更甚者一出生就罹患可怕的重疾，即将面临死亡或者将一辈子与疾病为伍。

在一家著名医院的血液科病区，有专门收治小儿白血病患者的专科病房。在这里，可以看到一个个因化疗而光头的小孩子病恹恹地躺在床上，他们正处在白血病化疗导致的发烧、呕吐、感染的痛苦中。但这些孩子们在病区走廊里欢笑、蹦跳，化疗间隔期的他们像什么都没有发生一样，享受着与正常孩子没有区别的童年幸福。他们不知道自己何以掉光头发，自己何以在病房而不在家里和学校里玩耍，从他们身上人们压根感觉不到任何的死亡气息。但当有一天，一对泪流满面的年轻父母抱着自己仅两个月大的女儿匆匆入住病房，身后奶奶哭天抢地，这一场景立即让人身体僵硬、呼吸急促。身在此处，父母们每天心如刀绞，而那些孩子哪里知道自己每天都在与死神照面呢？

人可以自由驾驭自己的生命吗？

人要生存，就必须为了得到而斗争，因为要斗争，就会面临危险。人是万物之灵，想得到的东西那么多，因而人类间斗争的复杂性和残酷性就远非其他动物能比，这或许就是越高等的动物生命越脆弱的其中一个原因吧。

灾难每时每刻都在人类史上发生着。只要人活着，没有人知道自己可能遇到什么灾难与不幸。所有人被裹进人类社会的洪流后，身不由己，命岂能由己？只要是人，只要活着，就必须随时准备受苦受难或者面对死亡，不幸的灾难可能来自自然，也可能来自人类。没有任何先天预兆的、突如其来的变故都可能会彻底改变人生。

人类为生存、为事业、为梦想而必须工作和奔波，也必须将自己的生命交给自然和社会，生命因此可能遭遇各种无法预知的风险。青壮年是生命勃发的黄金时期，体力和脑力都处于旺盛的人生阶段，但人类命不由己的宿命并不因此而稍有改变。

死亡是生命的终点，理论上，人类暮年应该展示虽悲壮但完美的人生谢幕过程，婴儿能欢愉地来，老人也应舒服地去。

不幸的是，我们所有感觉、体验到的生命的谢幕总是伴随着无边的疼痛与恐惧。那么，人类既不能欢欣于生的愉快，还要恐惧死亡的痛苦，如此悲情的生命历程，生命的意义是什么？

人类并没有绝望，从来不会绝望。而是以高昂的斗志做自己要做的人生大事。中国古神话中有个叫“无常”的鬼怪，无常鬼怪的存在是告诉每个活着的凡人：世界万事是无常的！因此，既然无常常在，如果人一定要做“人定胜人”的各种努力以不负“万物之灵长”的美誉，则必须做到经济足够强大、文化足够强大、科技足够发达；远离战争、杀戮、钩心斗角，这是人类获得生命尊严的使命，也是自我解放的唯一办法。

38 记忆与遗忘

记性与遗忘，既涉及人生物学上的特质，也事关人社会学上的特点。一般来说，但凡谈及人的记忆与遗忘，更多的是谈它们在社会学上的意义。

记性与遗忘有能力高低之分，无有无之说。

人为什么会有记性？记性是人进化后的产物。从一般道理讲，人活在世上，只有那些记性好的人才能生存，才可能有食物吃，才能吃更好的食物。

人为什么有遗忘？遗忘首先是指人天生记忆较差，但遗忘也是人进化的结果。如果一个人把眼睛看到的、耳朵听到的、身体感觉到的所有都记在脑子里不愿丢弃，这是一个多么可怕的结果，显然这样的人是不可能生存下来的，因为不符合生物进化的原则。

记性好的人既记住了教训，又记住了经验，才能在成长过程中增长智慧，得到更好的生存环境，做出更多、更大的贡献并因此得到赞誉。我们的国家和民族才能成为有创新意识的国家和民族。

生物学上有著名的条件反射之说。条件反射是外界强加生物产生由生理刺激到心理记忆的外在表现。人有了各种刺激形成记性，生理的记性会慢慢变成心理记忆。

无论对个人还是对社会来说，记性好都是人最宝贵的素质。但人仅有记性远远不够，更要有记忆的本领。显然，记忆不完全等同于记性，记忆是人主动对收集起来的大量信息进行筛选、分类的过程。人的记忆之能，为的是通过总结和比较而增长见识，减少盲动的危险性，增加获得胜利的机会。

记忆重要，我们却不必把所有东西都记住。如果记忆在增长人生存本领的同时，却因为人忘不了曾经的痛苦，让痛苦长期留在心中，则不仅增加了痛苦值，更会因为大量痛苦的积累降低对抗外界危险的敏锐性与机动性，会被自己的记忆拖累甚至影响正常生活。

由此我们知道，人的遗忘既是一种生理现象，也是一种高级的心理过程。记性是天性，由不得我们后天刻意为之；学会记忆相对简单，只要我们后天顽强为之。但要一个人学会遗忘却是不容易的。因为主动遗忘与人类对经验教训的固守意愿相反。但是，世界是复杂的，人的能力是有限的，一个人只有勇敢而主动地遗忘一些不必要的历史包袱，才能减轻重量，继续前行。否则，就会像深陷泥坑的马车，马累死了，车辆仍不能前进；如负重的蝜蝂，背负的东西越多，摔落坡底的可能性越大。

因此，在这个世界上，只有那些会记忆还会遗忘的人，才是世界上最聪明、最有本事的人。

记该记的，忘该忘的，才是人的生存技巧。

39 坚持即人生

长时间做一件事情谓之坚持。人生会因为坚持而积聚发生突变的巨大能量，当这些能量最终释放、转化，质变发生了，质变的结果是新能量形式的确立，人生新征程的开始。

事实上，无论是谁，一生中都有自己长长短短的坚持过程，只不过是有人能长久坚持，有人只有短暂的坚持，还有人从不坚持。

坚持为什么如此让人心仪？

人都有渴望成功、走向成功的基本情愫，实现之唯一道路就是坚持，坚持，再坚持。人生而平等，智力体力相若，机会均等，凡坚持者即使先天条件不佳，也必定比一般人走得更远，获得更大的成功。同样的道理，不愿坚持者，尽管占尽各种先决条件，最终却可能沦为一介平庸者。

为此，古今中外，人类有很多崇尚、赞美坚持美德的名言，例如，绳锯木断、水滴石穿；放弃很容易，你将一无所获，坚持很难，但最后一定会有所收获，等等。道理简单且直白。

可以看出，人都有渴望成功的心思，但为什么大多数人没有做到坚持呢？

坚持不是快乐的享受，坚持是人不断付出的痛苦过程。

坚持的付出不仅仅是人一时的意志较量，往往是几年、几十年从不间断的痛苦过程，甚至可能面临并承受前功尽弃、满盘皆输的严重后果。如此一来，能最终收获量变到质变果实的人少之又少。此中道理，只有那些因坚持而取得成功的人知道。坚持是成功者的高级享受，是非常人能得到的精神快乐。因此，真正在人生道路上坚持并为之自豪的人并不多。成功者永远属于能坚持的少数人，人才的金字塔结构就是明证。

坚持是美德，更是一把双刃剑。

通过坚持，人因此收获了友情、爱情、健康、名誉，成为让人羡慕的成功者。

然而，坚持是人类刻意打破既有平衡的过程，而人是肉体的生命，智识有限的人，要收获从来没有的果实，自然要为之付出我们的生命岁月、身心健康，而坚持的结果既可能让坚持者饱受赞美、自我愉快，也可能使坚持者饱受责难、身心痛苦。

可以说，因为坚持的过程是人的肉体和思想不快乐的过程，表明坚持对人并非天然具有吸引力。世界上没有信手拈来的成功，坚持不保证每个人一定能心想事成。很多人坚持不懈，结果却差强人意；很多人坚持到死也没有到达成功的彼岸。坚持有收获，但所获并不总是让人愉悦。一些人因为顽固地坚持，方向错误，径直走向了人神共怒的反面，犯下了反人类的罪恶，坚持让他们“罪大恶极”或者名誉扫地。

在如此美丽却残酷的事实面前，一个人如何才能做到坚持去实现自己的理想呢？

只要社会还处在贫富不均的时代，就一定有为荣誉和财富奋斗的人存在，它不以人的意志为转移。人类社会的每一点进步、每一次发展都是由无数成功人士的荣誉堆积而成的。但是，这并不是说人一定愿意为荣誉而努力，甚至愿意付出生命的代价。因为，财富欲望能激发人的奋斗热情，却也能浇灭人的奋斗火焰。贪图享受、贪生怕死是人最大的麻醉剂。因此，一个健康、富有进取心的社会，一定要把荣誉教育、理想信念的培养当成教育和文化传承的主要内容，让坚持成为人生必须亲历的人生苦旅，让坚持变得简单。

对社会来讲，既然人是社会发展的主体，如何依靠文化的力量激发个人为荣誉而奋斗是社会的基本职责。个人心里有理想，社会给予个人实现理想后的荣誉、地位、财富。如此，人与社会实现了良性互动，社会何愁不发展？

坚持是美好的人生过程，是成功的希望，是人生的美德。人类所有过往的成功和失败都是人坚持所结之果实，只有那些为美好生活不懈奋斗、奉献的坚持是真坚持，即使理想最终破灭，即使身体遭受伤害。而为害大众以满足一己私利的坚持则是愚蠢的行为。

坚持是完美人生的基本态度，坚持并不以背离人的动物本性为代价，更不是刻意自找苦吃，相反，坚持是对人生自觉的选择，是人实践高级精神享受的前提与捷径，世界上没有比坚持更值得人类尊重的人生态度。不管是谁，如果选择了坚持，都至少是准胜利者，值得人尊重！

坚持即人生，能够坚持一会儿是人的修炼使然，能够再坚持一会是人的美德使然，能够不达目的不罢休地坚持，便是人间不同凡响者的绝迹。

40 最耀眼是黄色

一棵中国银杏，鹤立于冬阳、蓝天、朔风、碧瓦交织的空间，叶风似精灵，叶光如梦幻。此乃京城初冬的特别景致，人为之驻足，我为之心动！当北风牵着黄叶翩跹舞蹈的时候，黄色的魅惑便让我的思绪慢慢远去。

另眼看黄色，是在很小的时候。父亲说，老家钟祥的人过去很是荣耀，在鄂西武当山进香的客流中，但凡遇见身背黄色布袋的人，皆知为钟祥人，人必让之先行。钟祥人有背黄色袋子的特权，是因为钟聚祥瑞的钟祥是龙兴之所，故钟祥人不仅能背黄色布袋，还有优先进香的特权。

如果说小时候的懵懂让我对黄色一知半解，那么 20 世纪 80 年代我第一次到北京，第一次见到故宫，站在金碧辉煌的宫殿面前，我心底第一次升起对黄色的敬畏。

随着时间的流逝，黄色之魅惑也逐渐印刻在我的心底。

黄色，只是人类分辨色彩的一种，一如其他颜色。但黄色又特别不同，黄色是所有色彩中最为明亮耀眼的颜色，是最早为人使用的贵重金属的颜色，黄色有很多人类赋予的特别属性。

据说，人类开始宝贝稀有的黄金是在一万多年前，古埃及人视黄金为可触摸的太阳，古印加人视黄金为太阳的泪珠……古老的文明都把黄金视为财富与权力的象征。

何以如此？或许人类敬畏太阳，于是当稀少、天然像太阳一样闪耀高贵光芒的黄金与人不期而遇，对别致黄色物体的崇拜之心开始弥漫人间、久久不去。这大概是黄金横空出世并得以宝贝于人间的缘由吧。

阳光、植物的花朵，包括黄金，以自己耀眼的黄色为人所熟悉，包括现代人类常见的救生衣、交通标志、安全帽等都用黄色给人最醒目的警示。出现如此统一的认知，现代科学解释为，黄色是最明亮的色彩。

黄色在中国，象征意义更大、底蕴更丰富。因为黄色曾是中国数千年封建社会最尊贵的颜色。可以这样说，在中国，黄色是不怒而威、全民诚服的文化符号。或许有人说，黄色之所以在中国有如此地位，亦是偶然而已，毕竟人类无数古老文化均与偶然、约定俗成有关而没有特别的奇诡原因。然而，仅仅是偶然为之吗?

天人合一、道法自然是中国文化的特质。中国人对黄色的尊崇，黄色之文化地位的高居，绝不是简单的黄金之珍贵、黄色之耀眼那么简单的物理反应，而是你中有我，我中有你，共同发力的化学反应。

天地玄黄，宇宙洪荒。黄土地、黄河、黄花、黄金成为中国人古已有之最敏感的感觉之源。久而久之，发源于黄河之滨的中华文明，将黄色视为财富与权力的专色就不奇怪。中华人文始祖以土德之瑞王天下而称黄帝，土地是农耕民族的命脉，对土地的依赖，对黄帝的尊崇，黄色被尊崇便在情理之中。

黄色震慑中国人心，终成中国文化特色，是身披黄土风尘，喝着黄河水的中国人的“爱屋及乌”之作，更是自然界的威力所致!

植物的一生是这样度过的，绿叶茂盛、红花灿烂是植物成长、结果遗传生命的标记，当花落果出，由小而大，由大而熟，最后都以黄色昭示生命的无穷循环。黄色标示生命的成熟，继而瓜熟蒂落，根茎枯萎，绿叶变黄，黄叶飘零，黄色意味着生命的终结。耳熟能详的黄瓜、南瓜、水稻、小麦、茅草、银杏树等千千万万植物都以黄色来传递生命的终结，还有什么比生死信息的传递更让人惊叹自然法则的永恒？

自然选择、适者生存乃世间万物生存法则，自然选择之力量巨大。君不见，动物以身披黄毛者为多，无论是娇小的黄鼠狼，还是凶猛无比的狮子，它们无不以黄色毛发展示生命的力量。这无疑是自然选择的结果，黄色成为动物的保护之色。无论是黄毛物种还是其他杂色动物，当生命终结的时候，多以枯槁的黄色哀告生者，动物钟情黄色的演绎过程，向人类昭示独特的生存规律。

科学早将色彩研究明白，黄色被视为轻快、活泼的颜色，不仅表象耀眼，内在亦极为亲和，只要一丁点儿别样颜色的掺入，耀眼的黄色染料立马消失，呈现不再显眼的他色。黄色不以独步无视群芳，不吝高贵尊崇他色，至尊之色雄冠天下又浩然大气，品德高尚足以统领天下群芳。我们惊叹于科学的发现，绿色与红色染料相合产生黄色；我们颔首自然的演绎，绿叶开始，红花茂盛，黄色终结是植物永恒的生命轮回，这是黄色掌控自然的决胜力量使然！

41 野草家花

即使人是位于食物链的顶端，求生存也并不是手到擒来的易事。是故一切为了生存而做的努力，人类须赞美，至少应给予一份尊重。

人是自然的一部分，人类早有小小的发现：生于水肥充裕之地的树木、花草，茂盛茁壮、生存周期长，但却多数不耐寒冻，易招虫生病；而长于干旱贫瘠土地上的无名野草，虽瘦小枯黄，却往往有抗拒病害和自然灾害的超凡能力。

野草既冠之以野，必出现在荒郊野外之生存不易的苦难之地，但野草自出现的那一刻，历经千锤百炼，既能在友好的环境里茁壮成长，也能在最贫瘠的土壤中活着。野草一生不幸，却能安然释放生命永不屈服的终极意义，抓住转瞬即逝的机会抽芽、开花、结籽，短暂却华丽地完成生命应有的历程。

人从苦难中来，常怀悲悯之心，时发励志之言，为人亦为己。人类的进步从来不是一蹴而就的。实际上，人类几千年的历史就是一部生命无常史。时至今日，人类也尚未完全摆脱缺衣少食的困厄，生死危险像影子相伴相随。为此，面对野草品格，人赞之以图自励自救，鼓励自己必须拥有求生的渴望和与死作斗争的精神。人类也因此在无数次自然灾害和人祸险境中，全身而退，成功脱险。

相对于野草，家花的生存环境则优渥很多。

家花被人善加培植、精心呵护，它以自己生命的全部力量为人类展示自我品类之繁盛、媚人之特质，以颜色鲜艳、芳香美妙、造型多变给人一抹追求幸福生活的希望。家花享受着充足水分和适宜沃壤的恩赐。但是，月有阴晴圆缺，花无百日之好。一旦时移境迁，物是人非，艳丽之家花遭遇刀风霜剑将瞬间枯萎，难逃被人连根拔起并抛弃的厄运，家花何其脆弱而可悲。

时至今日，人类尚未成为驾驭自然的主人。快乐和衣食无忧的生活总似昙花一现，缺衣少食的痛苦比夏天的蚊虫还要多。但饥寒交迫和苦难不是人的生存初衷，趋利避害、向往美好却是人的本性。即使前路漫漫，苦难不断，以特有的苦中作乐，享受短时的美好温暖，是人类培育家花、赞美家花、享受家花的最大原因。

世界就这么奇怪。

野草不能为人提供愉快的享受，虽时常饱受有心者的崇高礼赞，却无人为其浇水施肥、挡风遮雨，只能抗争于最恶劣的境遇，高唱着生命的赞歌，忍受艰难的生命历程。

家花耽于为人提供愉快的享受，并以此在华堂安然享受最好的礼遇，却因失去了生存的自由，只能胆战心惊地享受荣誉。家花为人奉献美丽却饱尝无情的悲哀。

无尽的生存磨难体现着生命的坚韧，野草何其不幸却又何其幸福；美丽的花枝招展却整日惶惶，家花何其幸福却又何其不幸。

宇宙唯生命最有活力，生命唯人类最为耀眼，羡家花乎？慕野草乎？不幸者羡慕幸运者，幸运者仰慕不幸者。生命在混沌中抉择。

42 吃的文化

猎杀是动物的天性。

为了活命，动物整天忙碌的就是找到能吃的东西，它们还将时时刻刻面临找不到食物的饥饿和被其他动物猎杀的危险。

人类早期同样处于缺衣少食的状态。即使今天，地球上仍然还有饿肚子的人。但是，以发展的眼光看问题，这种挨饿的状态一定只是暂时的，总有一天会被不屈的人类完全改变。

今天，地球上一部分人已经衣食无忧，便吃出了花样与特色。

吃是人类文化之一。

中国地域广阔，物产丰富，历史悠久，受到独特的、长期的传统农耕经济模式影响，中国美食理念独步天下，无人望其项背。

好吃不是丑事。历史上我国许多名人都是好吃之人，都曾花费时间研究吃文化。因地域不同，观念不一，于是便形成了名冠天下的各种菜系。菜系的出现，说明吃变成了能传承的文化之一。于是新的职业出现了——烹饪大师和美食家。吃变成了艺术、境界，吃文化贴近国民生活又生命力旺盛。

川菜，麻辣是其显著特征，厨房里没有辣椒、花椒，再高明的川厨都做不出好川菜。因为麻辣有道，川菜风行天下。

粤菜，煲汤是其强项，吃粤菜不喝汤，就像吃川菜没辣味一样让人不可思议。据说广东的中医很吃香，中医院的效益都很好，隔三岔五到中医院拎一包中草药回家煲汤是广东人独特的嗜好。“靓汤”是广东人最爱说的词儿。

菜中放糖是苏菜的特点。记得20世纪90年代初期我在苏南某市吃早饭，点一碗面条，老板将满调羹的白糖撒向碗中，还暖暖送上的一句“够不够”，让我永世难忘！其实，面条放糖与否并不重要，我想说的是，江浙人为什么喜食甜食呢？吴侬软语者生活安逸富足，吃糖，品甜，应该与当地人对美好生活的向往有关，除此之外，难以有更好的解释。

当然，各地还有其他值得品评的佳肴，它们都有独特的吃法，都是自然环境、地理位置、生活习惯等长久融合后形成的一种皆大欢喜的吃文化。久而久之，便成了一个地方最响亮且无法替代的名片。

为什么“吃”最终能演化为人类代代相传的文化？当然是由吃对生命存在的本质所决定的，吃决定了人的生存质量。

同时，吃也是社交名片。

人是群居动物，彼此交流是必需的。尽管天底下的交流方式千变万化，却都没有以“吃饭”交流的方式来得自然有效。

自古以来，吃饱饭是一件不容易的事情，既然“吃”之不易，请人吃一顿饭可算大礼也。长此以往，吃便成了人类感情交流的纽带。

吃饭是最常见、最简单、最有效的交流方式。

一个民族习惯的形成，苦难往往比幸福的作用大。饥饿的苦难让中国人体会尤其深刻。是故，让天下百姓吃饱饭，一直是中国历朝历代统治者的头等大事。我国三部著名的古代奇书《天工开物》《齐民要术》《农政全书》，都和吃饭有关。自古以来，吃是中国人特别看重的事情，许多古老的习惯也与吃有关。例如，人们见面打招呼，第一句话总会问“吃饭没有”，因为吃饭比什么都重要。中国饭桌上的规矩很多，当满满一桌菜摆好，有身份的人或者长者、长辈不仅要端坐上位，还必须由他先下筷后，其他人才可以动筷子，以此来表示人对有身份的人或者长者、长辈的尊重。又如，中国传统节日很多，但吃却总是各节日的重头戏。过春节是为了团圆，全家人围桌吃年夜饭；端午节为了纪念诗人屈原，要吃粽子。不管过什么节日，同家人或者好友一起吃顿饭总是最好的过节方式之一。

而如今，同样的土地，同样生活在这块土地上的人们，因为过量吃喝，却导致脂肪肝、高血脂、糖尿病、痛风等与吃有关的疾病迅疾蔓延开来，为医治这些疾病所消耗的钱财不比其他严重的病症少，疾病给人带来的痛苦也不比其他疾病小。从前，吃喝无着落要人命；现在，吃喝失度会死人。吃还真狡猾呀！张嘴只为活命，皇帝落难吃粗茶淡饭，百日留香；而当有吃的时候，张嘴不仅能活命，还会要人的命。

吃是“特别的享受”。

时序嬗变，人们的世界观也起了变化。今天的中国，国家富强，人民富裕，但疾病和肥胖成了人们焦虑的重点，人们的身材伴随着物质财富的增长而增长，“瘦”成为人们的追求，“变瘦”成为人们获得好心情的重要源泉。吃减肥药、抽脂、参加“减肥训练营”，人们一边花钱买好东西吃，一边花钱减肥。可怜，人们就这样高高兴兴将自己赚来的辛苦钱毫不吝啬地投入“矛盾”的事业中去了。

然而，吃是不是真有问题？当我们还可能遭受饥饿的痛苦和侵扰的时候，将钱存着，将物藏着，战战兢兢地吃粗茶淡饭是对的。但当我们处在一个吃穿不愁的富裕时代，我们该怎样面对财富？怎样对待吃呢？这是一个必须求得答案的社会问题。

43 等待

人生不管是波澜壮阔还是暗寂无声，其悲欢离合都在一次次等待中登场、演绎、谢幕。

等待有时候让人心情愉悦。

等待美好结果的过程是欣喜的，即使还没有尘埃落定，等待者也免不了着急，但等待者的心情是愉快的，因为他终将收获果实，获得赞誉。例如，等待新娘，等待大学录取通知书，等待委任状等。

等待是奋斗者人生希望即将实现的过程，即使有时候努力了却没有得到回报，但心情愉快的等待组成了人希望、奋斗、幸福的一生，无数次心情愉快的等待汇集成人类社会前进的滔滔大河。

等待有时候让人备受煎熬。

等待痛苦结果的过程是煎熬的，即使结果还没有到来，也让等待者绝望无助。例如，癌症患者、死刑犯人等，每活一天，都将遭受巨大的精神压力和身体摧残。非亲身经历谁能体会他们在等待过程中的绝望?

身心煎熬的等待是最痛苦的过程。人要避免、剔除、消灭这些痛苦的等待，除了遵守自然规律和道德标准，以知识丰富、提高自己，很难有更好的办法。

中国有一个著名的成语，它的名字叫守株待兔，大意是说一个人只需等在那里，不需要做什么就能捕获兔子。这是多么美好的事情呀！然而，守株待兔式的等待者并非静静地享受等待的过程，他四肢虽未动，贪婪的思想却一直翻滚。于是，他的等待便成为人类懒惰、无知的笑话，他看似在等待人生希望的实现，却因为好逸恶劳遭人鄙夷，而且毫无收获。依靠懒惰铺就道路，把希望和理想建立在别人的给予、施舍之上，终将一场空。即使他有可能再一次收获意外成果，伴其一生的也将是失望的痛苦。

等待是简单的人类生活。

我们大多数人只能平凡地过完一生，我们每个人的人生都由无数小小的、平常无奇的、结果未定的等待过程组成。其中自然有让我们满意的，也有让我们失望的，在未见结果之前人们或痛苦或兴奋。瓜熟蒂落后，新的等待又开始了，依次无穷循环组成平凡的世界，延续简单的生活。

生命的来和去虽不为人掌控，但生命的过程却由人来规划和打理。是选择努力后等待喜悦，还是选择作恶后等待惩罚，抑或思量如何安度简单的生活，都是生命个体的“悠悠万事”。

44 笑与哭

婴儿出生，第一件事就是哇哇大哭。婴儿不哭或者哭声小，父母就蹙眉；婴儿哭声大，就显喜庆。人类的大喜不是笑的独奏，而是哭与笑的交响，婴儿的哭与大人的笑，是一个家庭和谐、兴旺的起始。

婴儿出生，为什么是先哭而不是先笑？

婴儿来到人世，离开了母体，初来乍到，大声哭便很有道理，因为接下来他就要为自己的人生奋斗，奋斗的过程漫长且充满危险，以哭声面对出生，似乎是自然告知人类的基本道理，人生就是一段苦难的过程。

生死是两个相隔很远又很近的自然状态，人因生而哭，是不是会因死而笑呢？

不管怎么努力，死亡都是人最后的归宿。人是感性动物，有人死去，亲朋好友都要以哭来表达对死者的哀思。既然人死不能复生，死亡当然是大悲痛，人以哭而不是笑来表达内心悲伤，是恰当而自然的。

人死只有哭的独奏吗？

非也！人之大悲也是哭与笑的交响！只是人死的笑声是由大自然发出，它无声却笑声最大。人类哭与自然笑的死亡交响曲，是人类生生不息的冲锋号，而不是绝望的挽歌。

人类生死伴随哭笑，表明生死与哭笑之间有着紧密的内在联系。人的一生虽短暂，哭与笑就像链条，环环相扣于人生的每时每刻，哭与笑关联人一生的幸福与痛苦，而一个人演绎的所有哭与笑，都准确无误地反映了人生的幸福品质。

说到这里，我们似乎明白了，小孩的哭笑与成年人的哭笑是有区别的。小孩的笑是单纯的，只要高兴、快活的事情，他都会无邪地笑；小孩的哭毫无做作，只要遇到不高兴的事情他张嘴就哭。自然、无邪是孩子哭、笑的本质。但是，成年人的哭笑是不单纯的。成年人的哭与笑因为掺杂了太多人类的情感，它们有时是真实的，有时是虚伪的。

到底什么是哭，什么是笑呢?

哭既然是痛苦的，那么广义的哭，不仅仅包括声音、脸色、痛苦的感觉，一切有悖人生理秩序、生存秩序的痛苦言行都是无声、有声的哭。

笑既然是轻松愉悦的，广义的笑，也不仅仅包括声音，脸色，愉快的感觉，一切让人心理和生理愉快的感觉都是自然的、不同形式的笑。它可以是有声有色的开怀大笑，也可以是无声无息的心满意足。

如何把握自己的哭与笑?

人为什么要哭?是因为人类明白，只有经历了哭的痛苦，才能让自己主动而不是被动地与各种各样的人事做斗争，才能增长自我才干，让自己逐步远离哭的磨难，生理性传递笑的轻松自在而不是哭的紧张无措。哭是人自然生理机能对外界所做的痛苦反应，是人为了生存对自己发出的警告和励志之声，能使人像草原动物一样时刻紧蹙肌肉以免于死亡。

人为什么要笑?笑让人感到愉快。笑是生命原始的本色，人类会笑的自然生理机能，能标定人类生存秩序的正常，体现人的身心健康，富有向往美好生活的冲动。但笑并不都是好的生存状态，笑会让人全身肌肉放松、意志松散、行动迟缓。为动物者此时极可能被天敌生擒丢命，为人者可能遇事失去正确的判断和处理能力。

总之，我们必须明白，笑和哭是极端对立关系。凡过度追求极端之事、之物、之理，不管这样的事、物、理多么迷人，都可能遭遇诸多险境。正确的人生态度，应该是先哭，再赢来爽朗笑声。只有不断品尝哭的痛苦，才能享受笑的愉悦；只有流汗流血在先，才有领奖台上胜利者的笑容；只有几十年如一日的殚精竭虑、探索实践，才有科学技术皇冠的披戴荣光。先苦后甜、先哭后笑是人类生存的基本法则。反之，如果一开始就一心想着笑的快乐而不愿做准备哭的努力，十有八九要在哭中度日，一生害怕、躲避的哭，便会像魔鬼成为他生活中的常客。

人如何面对他人的笑与哭？

对着你笑的人，可能是亲人、朋友，他们真心善待你，他们的笑给了你心安，给了你信心，给了你力量。也有一些对着你笑的人，可能是以美好的东西做幌子，遮掩他们心底最恶毒的感情、最深的仇恨，并以此麻痹你，最终达到置你于死地的目的。这样说，似乎有小人之心，但心存一点小人之心而不行小人之实的人才是大智慧者。因为笑里藏刀的故事实在太多，防不胜防而中招者也太多。

为你哭的人，是你的亲人、朋友，是真心在乎你的人，他们会因为你的不幸而哭泣，也会因为你的成功喜极落泪，他们的哭声比笑声更让人感觉到人间的温暖。

但是，那些因为犯错而在你面前大哭的人，你却要睁开慧眼、擦亮眼睛，他们中间或许有认识到问题而真正忏悔者，更多的却是不思悔改者，希图以廉价的眼泪蒙蔽善良者以躲过眼前险境的人。他们的哭声是乌鸦的嘶鸣。

哭与笑的历史，就是人类生存的历史，它们虽矛盾却和谐，你中有我、我中有你，相互转化、彼此消长。我们的人生每时每刻都在印证、实践这样的道理。

自然世界无穷无尽，人类世界万化千变，奇妙的是，一个人哭与笑的生理性宣泄能交响成人类世界的喜怒哀乐。

45 付出与回报

某日我到单位食堂排队打饭，见我前面一个女人埋头弯腰向窗里说话：“哎呀！真对不起，我找不到饭卡了，我明天来刷卡行吗？我明天来刷卡行吗？”她在外面不停地央求，窗口里面的人却无动于衷，一千多人吃饭，刷卡吃饭是正常秩序，人家心存狐疑也属正常。

站在她身后的我突然间理解了她的窘迫，热血便涌上来：“我给你刷卡！”话刚说完，卡已刷毕。女人回头望着我，像受了某种惊吓，我则强装镇定地望着别处。那姿态，即使女人随后带着饭匆匆离开，我依然气定神闲，试图向他人表明这只是我惯常的高尚举动而已。

这是我生活中的一件小事，无论如何，仅仅为一个陌生女人支付一丁点儿饭钱的小事，不应该对我的生活产生任何影响。

但是，我错了。因为在接下来的几天里，这件小事却一直在我脑海里盘旋。莫名的问话更是在我脑海里嗡嗡不停：“干啥呀，给她付钱吃饭，做了好事却不知道人家姓甚名谁，花了钱却什么也没得到！”

折磨我的原因竟是我始终惦记着付出要有回报，没有回报我便开始感到痛苦。

呜呼！几块钱的付出，我竟如此在意回报，是我性格缺陷所致吗？

其实，认真观察、思考人类的一言一行，我发现，对付出与回报的牵挂不是个人的劣习，而是最自然的本性表露。付出与回报之间的关系是人类最关心的命题之一。当然，为了回报，努力付出是人类获得进步的发动机——当然也可能是人类感觉痛苦的渊源。

人的一生需要消耗很多资源才能生存。资源的有限与短缺，决定了人要获得自我生存的资源，就必须付出时间和精力。

那么问题来了，付出者所需要的回报都能如愿实现吗?

人类世界的付出与回报关系多为以下两种模式。

一种是商业模式。

商业模式的付出是人自愿的。它以牺牲人的自身利益为代价，譬如付出钱财、体力、精力等必不可少的切身利益，去追求付出最小化与回报最大化的结果。但是，商业模式的回报不仅受到人的能力大小、环境是否友好的限制，还受到相关人的监控，受到规则制约。商业性付出与回报模式很直白，利益为正就快乐，利益为负就沮丧。当产出远远大于投入时，商业利益的积累会激发人的积极性、创造性，并让人心情愉快地继续付出。相反，如果产出不能让人满意，人的欲望本性一定会让人不得不痛苦地绞尽脑汁、继续付出。到最后，无论付出多大的代价也不能力挽狂澜时，面对失败，就不再有任何快乐可言。

仔细观察，商业模式是人类社会普遍的存在，只要活着，我们随时随地都能看到、听到、感觉到商业模式的存在，即使最简单、最熟悉的工作也都符合商业性付出与回报模式。

另一种是感情模式。

感情模式还可以分为亲情模式，爱情模式，友情模式。

感情模式比商业模式要复杂得多，有时感情的付出是无私的，有时付出者也在追求回报的大小。表面上，感情付出看似是人的本性流露，不求任何回报，但是，当人处在必须为生存而努力的时候，人的感情也往往容易受到利益的影响，感情付出便开始变得复杂，甚至有人把感情投入当成利益回报的资本之一。

亲情付出最无私。父母与儿女之间、兄弟姐妹之间都存在大量的亲情付出。亲情付出之所以温馨、伟大，因为人世间只有那些能享受付出快乐的人才是人间大爱。

爱情付出最神奇。人类种族繁衍的需求，决定了男女关系的重要性。一对陌生男女因爱走到一起，慢慢变得亲密，最后组建家庭，谓之夫妻。夫妻关系在没有遇到变故时，彼此付出，因为家庭、子女的关系，付出很少在意回报，尤以女性为甚。

朋友情谊为人称道。人是社会的人，无论什么时候，人与人之间必须通过合作才能达到目的，需要多人的共同付出才能获得回报。基于这个道理，朋友关系才会有丰富、动人的传说。两肋插刀、情同手足、义薄云天等中国成语都是对朋友情谊的赞美之词。

可见，亲情、爱情、友情的付出是相似的，多数都是自愿而不求回报的。但是，当环境发生变化、关系出现变故时，人们会更在意付出，更惦记回报。

一般来说，亲情不在意付出，也不惦记回报。但是在巨大利益面前或者人的生死紧要关头，也并非完全不计回报。

爱情付出最容易出现问题。一旦爱情出现变故，或因为情感，或因为利益，这种只付出不求回报的关系便会如置于阳光下的冰块迅速融化，昔日亲密关系荡然无存，甚至出现爱有多深恨便有多深的不可调和。当然，如有后代的牵挂，双方对回报的索求或许会随着时间的推移而淡化，直至有一天会趋向于无。

朋友之感情，是介于亲情与商业交换之间的一种人类感情，比亲情薄，比商业交换崇高，与男女爱情相似却不完全相同。本没有关系的两个陌生人，因为友谊而愿意彼此为之付出，值得人赞颂。但是，由于朋友间的付出多少都带有功利性，一旦功利消失了，彼此就容易变得在意、计较、索要回报了。

是故，友情是不稳定的，出现“没有永远的朋友只有永远的利益”的情况就很正常了。

付出与回报的关系既简单又复杂，用变化万千形容也不为过。付出者要么一直处于追逐更大回报的痛苦中，心灵不安甚至可能失去宝贵东西；要么一直处于不断得到回报的亢奋中，并不断领略别人无法享受的成功乐趣。显然，不管他们是痛苦的，还是快乐的，社会也会因为他们的孜孜以求而不断获得进步。

46 心情愉快之因素

这世上的大多数人虽然整天忙碌，却只能过平凡的生活，也缺少被人尊重的成就。但有些人却能时时彰显自我存在的力量，还因为荣誉加身而赢得他人尊重。一部分人是因为有客观条件的便利，如先进设备、钱财充足、广泛人脉以及足够的智力、体力、能力，获得了成功的荣誉。另一部分人虽没有能助其成功的客观条件，但通过常人难以想象的努力，同样取得了成功。

做事总是容易的，但要成功、收获荣誉却是不容易的。

那么，一个人做成事的内在动力是什么呢？

我认为，心情愉快是第一位。

所有人，只要心情愉快，就会有动力克服困难做事；只有心情愉快，才会持之以恒地做成一件事。反之，如果一个人心情不愉快，则必然做不好事，还可能因为心情压抑而生病，还谈什么成功呢？

心情愉快如此重要，那么，人如何才能让自己即使在最艰苦的环境里也做到心情愉快呢？

“得到”让人心情自由、愉快。

对人来说，所谓“得到”，可以是利的享受，也可以是情的滋润。利，可以是能养活自己的钱财，可以是让自己心情舒畅的荣誉，可以是能带来利益的成就。得利，是人一生言行的重要指挥棒。情是人天生带来的，后天培养的一种为获利而准备的能量。利是产生情的基础，情是利的人性化表现。

情可以是父母与子女之亲情，可以是男女爱情，也可以是友情。

当然，因为“得到”有属性之别，有时却不一定让人心情愉快。

恰到好处的得到。恰到好处的得到最让人心情愉快，即使得到的东西随着时间推移越来越少甚至于会消失。享受恰到好处的得到的人不会有任何狂妄或者沮丧之态，人会不断为新的得到继续努力。显然，这是人类最普通的生活方式：得到—愉快—再得到—更愉快。人类社会便这样由低级到高级，温润不张扬地获得发展，虽然这样的“得到”很难让人有大红大紫的荣誉。

大喜过望的得到。假如一人喜中巨额彩票，瞬间得到不期而至的巨大财富，人自然高兴至极，但也可能因此被冲昏头脑，继而停止奋斗以安享既成果实。但烦恼必定随之而来，无聊空虚或者坐吃山空，更甚者因此欲望膨胀，鉴于追逐欲望是人必须付出的艰苦过程，除非将来有更多的得到，否则人将终身心烦气躁，不得安宁。

差强人意的得到。因为所得远离目标，为实现愿望，人必须永不停歇的奋斗，时刻处于患得患失的状态。当然，一部分人很可怜，他们有逐日的动机，更有夸父可悲的结局，微小的幸福对他们来说都是奢侈；也有部分人注定伟大不凡，有不达目的不罢休的坚韧，成功会拥抱他们，荣誉在等着他们。

不劳而获的得到。利和情都是人的天然欲望，得到与否直接关乎生存。于是有人走正道而获得，也有人走歪门邪道而窃取，不通过自己的劳动和能力获得利益。但是，如果是非法所获，必遭法律惩处；如果是强制性得到，必遭激烈的反抗。所以，不劳而获的得到不可能使心情愉快。

最可怕的得到。据说人下丘脑有控制快乐的中枢，快乐是因为“得到”让控制快乐的中枢受到春风般的温柔抚摸。生活中，能刺激人快乐中枢的东西很多，其中有一种东西让人谈之色变，它的名字叫毒品——这是人类制造出的最可怕的自戕物品。毒品对人快乐中枢的刺激是致命的，长久的刺激是魔鬼。这样的得到，可怕至极。

最常见又最难以释怀的得到。钱是个神奇的东西，有钱没钱的感觉当然不一样。那么，钱能不能让人心情愉快呢？有钱一定幸福吗？对有钱人来讲，享受财富是他们的幸福，而如何赚钱、如何积累更多财富的奋斗过程更是他们幸福的源泉。

但有钱并不能保证人总是心情愉快。当不期而至的孤独、衰老来临，有钱却不能凭此改变现状，人会因此更加痛苦。参透欲望的人会这样总结，人的欲望无限，面对钱财，人必然像机器一样不停赚钱、永不停止，以致终生成为金钱的奴隶。有钱人之间的较量从不停歇，对财富的渴望会让他们沉迷于此道，被无限期绑架，身心自由离他们越来越远。

因此，我们可以大胆却苦涩地说：有钱是幸福的，也可能是不幸的！

钱财毕竟是身外之物，人并不是钱的奴隶。当一个人拥有的钱财足以满足基本生存的时候，钱的数量对人的影响是有限的。因此，钱少的人有不幸的时候，但这并不是他们心情不愉快的主要原因。

心理满足让人心情愉快。

动物要生存，必须猎杀其他动物，但动物的猎杀仅仅为了填饱肚子。吃饱喝足后，动物一般不会有捕食的欲望。例如，一只狮子填饱肚子后，即使野猪从眼前走过，他们也会相安无事，这是动物的本性。

人是不同的，不论是否已经酒足饭饱，都不会停止继续觅食的举动，人比一般动物获得更高级的进化，有饥饿的痛苦记忆，有自觉储存食物的习惯，还有为后代努力的拳拳之心。除此，人更有特别之处，不仅有生理上的满足要求，还有心理上的满足要求。从某种意义上说，人的生理满足容易实现，而人的心理满足最难。

成就可以让人心情愉快。

人天生需要成就。世上有农民、工人、商人、官员、知识分子等从事不同职业的人，他们有智力上的差别、知识水平的差异、取得成就的不同，但他们主动适应时代，寻找机会建功立业的心思相同，即使生活在不同的时代，面对不同的生存环境，人生轨迹各不相同，每个时代、每个行业却都有各类成功者。例如，国家危难之时，是教育家、道德家、思想家们诞生的摇篮，是尚武克敌的军人们保家卫国的战场；而在国家昌盛的时候，经济的发展是第一位的，企业家、科学家、慈善家则数不胜数。

成就是现实的，能为人带来荣誉和利益，为成就而奋斗能使人心情愉快。

真情让人心情愉快。

亲情是人最伟大的感情，尤其是父母与子女之间的亲情。舐犊情深，本就是最动人、最温馨的。父母之爱子，为之计深远。孩童时多年精心呵护，待子女可独立，父母便会任其飞出自己的保护圈，让其成长壮大。代代传承，生生不息。即使在最险恶的时代，一个能力很弱的后代，为人父母者也从来没有把他们舍弃的半点心思。

除却伟大的亲情，爱情也是人世间的一大美好。

世上所有的爱情，无论是幸福的还是让人伤感的，都曾有让人心情愉快的过程，天下有情人享受爱情的美好所带来的愉悦和甜蜜，甘愿为之生、为之死，鸳鸯双栖、蝴蝶双飞……千百年来，无数美丽的爱情传奇被人传颂和赞扬。爱情中的男女心情之愉悦，世间独一无二。

故而，人之心情愉快的因素众多，无法一一列举。珍惜生命的馈赠，方为真理。

47 关键时刻

溪流历经无数险滩最终汇入大海。万流归海是溪流必然的归宿，险滩则是溪流入海前不能回避的磨难。

人的命运恰似溪流，磨难似先天注定，会在人的一生中适时出现，当然，幸福也从不吝啬荣光，会择时降临在你我身上。但是，幸福不会唾手可得，磨难也并非随处可见。幸福与磨难看似“动如参与商”，却都是人生的关键时刻，幸福是人喜之关键，磨难是人悲之关键。

喜之关键，古代中国人定义的“人生四大喜事”最为直白：“久旱逢甘霖，他乡遇故知，洞房花烛夜，金榜题名时。”不知此说起源何时，但它之所以让人神往，是因为它给了许多“贫穷而少喜”的中国人奋斗的目标。

当然，除此之外，还有很多让人欢愉的关键时刻。认真细究，人生喜之关键时刻价值无限。只要人活着并努力着，人生都可能有无数大小不一的美好时刻等着自己。遗憾的是，几乎所有人生喜之关键时刻都是短暂的，当关键时刻成为过往，随着时间的推移、环境的改变，人生必须重新直面各种磨难才能继续下去。如果有人沉湎既有欢乐不能自拔，便会乐极生悲。这也是“知足常乐”的珍贵之处。当然，尽管喜之关键时刻易逝，但人生的意义就是不断追求和创造各个时期的喜之关键时刻，这是人、自然、社会能获得发展的特有密码。

与喜之关键时刻对应的是人的悲之关键时刻。

悲之关键时刻之所以是人生无数磨难中最突出者，说严重点，它能决定人之生死，让人飞黄腾达或一失足成千古恨。说轻松点，它能缓慢改变人一生的命运。出现如此天壤之别的结果，原因在于悲之关键时刻有人仅仅付之一笑，有人却闻之色变。尤其重要的是，大多数时候悲之关键时刻往往具有毁灭人的生存的可怕力量，与之谋面者都会终生难忘，并因此影响自己今后生活的分分秒秒。

但悲之关键时刻是特殊的，它虽然可怕，却对人类社会发展的价值远胜喜之关键时刻。经历悲之关键时刻，能验证并锻造一个人的品质，检验并还原人的本来面目，悲之关键时刻的有无、多少、大小，是判断和验证一个人社会能力大小的金筛子。

人类最重视关键时刻，也时常会面临诸多关键时刻的抉择。战争年代，敌我双方都可能遇到敌方给自己制造的关键时刻。例如，战士被敌方逮捕，坚贞不屈还是背叛组织无疑是抉择的关键时刻。即使在和平年代，我们也可能遇到各种关键时刻的两难选择。这样的例子可以列举很多，就连爱情里，男女双方也经常会故意设卡考验对方，从而决定是走向婚姻殿堂还是从此分道扬镳。很显然，这里给出了一个非常值得人思考的问题：如果喜之关键时刻仅仅给人以本能的愉快感觉，那么，可能影响正常生存秩序的悲之关键时刻的人类行为不再是动物个体的本能反应，而是判断个人品质优劣、社会成熟度的重要标准。也就是说，如果喜之关键时刻仅仅是人生命运的些许点缀，悲之关键时刻才是判断人生是与非的铁面判官。例如，在悲之关键时刻的生死攸关面前，自保是动物的本能，我们不能苛求每个人都能舍己为人。但是，当抉择出现时，选择的结果可看出个人品德的优劣和社会文明的程度。

他时世道艰难，中国人特别喜欢许愿，默祷的台词中除了美好愿望之喜之关键，还有力避的悲之关键。今天的中国显然不是过去积弱积贫、愚昧落后的中国，国家经济高速发展，国民素质不断提高，进步是显著的。然而中国有识之士要做的事还非常多，营造人人追逐喜之关键时刻、享受喜之关键时刻的和谐社会是全民的责任；而正确对待人生的悲之关键时刻更是全民的责任。要达到国家、社会、个人都具备正确感知人生关键时刻的能力，人们还需要去伪存真，更需要努力地去实践。

48 报复

何为报复？报复是有意识地对曾经损害自己利益的人进行回击。

报复总是双向的，有报复就有反报复。报复与反报复的过程可能持续很短时间，也可能是一个有始无终的长期存在，报复可以是人类发展出现倒退的因素，也可以是人类获得进步的渊源。有时候我们能看到明目张胆的报复，不管是正义的还是非正义的；有时候我们压根看不到报复的影子，但报复与反报复却真实存在并发挥作用。

报复之举很复杂。为生存而生报复之心、行报复之实常见，却也有人仅仅为了顺一口气而大肆实施报复，也可能是双方所持文化不同而起的长期文化冲突。

不管是马上报复还是卧薪尝胆式报复，报复和反报复者都需要实力做后盾。为了实施报复，需要蓄积实力；为了防止被报复，需要增强实力。于是双方你追我赶、互不相让，社会进步在这些互不妥协中发展，社会退步也在这种不理智中埋下祸端。

报复即使是为秉持正义，却也是可怕的言行。如果我们对有报复之心、行报复之实的人事充耳不闻、视而不见，就会导致无数悲剧不断发生。特别当报复者具有狐假虎威、狗仗人势、假公济私等特征的时候，报复便成了阻碍社会发展的障碍。鉴于此，社会和国家对报复不能漠视不管，不同国家和时代的文化无不将大部分的精力放在如何协调人与人之间的关系上。当然，即使有制度、法律等约束不正当报复的规矩存在，但报复仍然每时每刻都可能发生，反社会、反人类的报复也必然存在，这是人类社会只能螺旋式进步不能直线发展的原因。

报复有大小、善恶之别，但在现实世界中，报复却主要是破坏的代名词，以此思考问题，我们可以对报复作如下简单的分类。

第一，非主动式报复。

人无报复之心却产生了报复之实，我们可以称非主动式报复。

用现代思维惯性思考问题，非主动式报复可定义为无为与佛系的人类言行。

社会由人组成，人是社会的主体。因此，人要么是社会发展的主体，要么是破坏社会发展的主体。但是，除却以上两股力量，社会上还存在这样的人——他不服务于社会，也不想破坏社会，他身体活在现实的社会里，思想却游弋在虚幻的自以为是的世界中。有些人不知道人生的使命，不愿担负任何责任，也不愿尽任何义务；他们对任何事情都没有兴趣，只要有吃有穿地活着，便永远一副与世无争的逍遥者模样，游走于热闹的现实世界。他们看似对社会没有任何伤害，却因为他们享受无数奋斗者的果实，给社会风气带来不好的影响。那些躺平的人是他们的典型代表。

第二，主动式报复。

主动式报复形式很多，凡有报复之心、报复之行，最后产生了报复之实的行为都可以叫主动式报复。

第三，不合作式报复。

现实生活中有很多不合作主义者的存在并真实地发挥作用，他们与宗教信仰者最大的不同在于，他们的不合作是有意的，甚至是有明确目的的。他们对社会的破坏作用虽没有刀光剑影般直接，力量或许不太大，但他们奢望既有社会秩序崩溃。他们信奉自由主义，他们以自以为是的使命，不激烈交锋，却以与政府、民族、集体、组织不合作为乐事，他们的不合作式报复对社会发展的破坏作用极大。

第四，赌气式报复。

何谓赌气式报复？双方不直接交锋，却暗地与对方对着干；即使自己也因此难受，但只要知道对方比自己更难受就一定继续对着干，也谓之赌气。显然，赌气是把双刃剑，暗暗较劲的结果是害人也害己，没有赢家。但是赌气的目的是明确的，言行出发点以损害对方利益为目的，奢望获得自我利益和心理满足，让对方缴械投降。这种损人不利己的报复虽不甚普遍却从没绝迹，是看似无关痛痒却不光明的一种报复。

第五，直接打击式报复。

当事人毫不遮掩地怀报复之心、行报复之实为直接打击式报复。

直接打击可分两种：一种是正义一方对施暴者的正当打击；另一种是强权者对违背强者意愿者的无理打击。前者或许有冤情存在，后者都是“窦娥之冤”。

直接打击式报复虽简单直白却要有实施的理由，当有人无端打你、骂你，或者粗暴地抢了你的东西，或者恃强欺弱地欺辱你，面对违背公平正义的恶行，你自然可以理直气壮地对其实施直接打击报复。

但人类世界是奇诡的，有些人虽大摇大摆地实施报复，却并不一定因为受到了对方既成的“伤害”，而是凭借“欲加之罪，何患无辞”的借口对对方实施打击报复。报复者自诩“主持正义”或者打着“身不由己”的旗帜行凶。他们自私且不可告人的报复大都是强词夺理的暴行。

第六，借刀杀人式报复。

如果说，报复有许多值得人类反思的地方，至少从表面上看，它们都是在阳光下所做的，而且随着人类的不断进步，非正义报复的危害一定会逐渐减少。真正让人胆战心惊的是借刀杀人式报复。

我们的文化和习惯往往要求人要维护正义、公理之存在并为此奋斗，也要求人要宽厚、仁爱以证明人类所倡导的“温良恭俭让”美德的崇高。所以，我们对那些表面上高举公平正义大旗、宽厚仁慈待人，却在暗地里偷偷地为满足私欲而实施肮脏龌龊、见不得人的勾当的人，应加以谴责、杜绝。

但在人类发展史上，特别值得人类自省的是因报复带来的各种冤情，它们是那么龌龊、肮脏、无耻、丑恶！今天，虽然历史车轮声早已远去，无数因为莫须有而蒙受报复灾难的国家、民族、个人的消失或者衰落早成流年往事。但是，朗朗乾坤下，心怀叵测的打击报复言行仍猖獗，或时有暗流涌动，人间仍有很多小人和心存报复之心的人存在。

我们该如何探究和管束报复的行为和秉性呢？这是值得深思的。

49 静与动

静之美。

人是喜欢热闹的动物，追本溯源，喜欢热闹是人类为生存而由外界强加于人的本能。例如，远古的人类为抵御自然灾害和猛兽攻击，成群结队地集体行动，安全且热闹，这点本能没有随着人类的进化而丢失，而是越来越成为人类生物学上的遗传密码。

中国人爱热闹最为直接和现实，我国流传下来的众多传统文化无不与热闹有关。例如，放鞭炮本是先民避邪的活动，不知什么时候演变成了节日不可缺少的热闹手段；家有喜事，娶媳妇、生孩子，都少不得喇叭、唢呐齐吹，借热闹、高亢的声音将自己的喜悦传向远方；家有白事，也是锣鼓唢呐齐上阵，咚咚锵锵、咿咿呜呜，热闹非凡，做完法事好超度；而走街串巷、东奔西窜走关系更是中国人最具特色也无比钟爱的热闹方式，虽然有人厌恶之，但更多的人乐此不疲。

热闹之外，人是如何感受和面对自然界的“静”呢？

有人做过这样的实验，将人置于绝对安静的空间，感受会怎样？据说在这样的空间里，人之呼吸声像天上打雷，针掉地上像钢管自高空砸下，应试者多避之不及。另有好事者发起“孤独比赛”，即将人置于什么也听不到的寂静处，有吃有喝、能睡能想，还能读书看报，但得按要求办事，这些规矩当然苛刻，一切都必须符合静的标准，看谁能在这样的环境里待更长的时间，可应试者多半途便恐慌而逃。

惧静，中国文人自有特别描述。悲秋是中国文人拒静、惧静最重要的表现形式。这方面的经验，元代戏曲家马致远体验最深。在那个心情糟透了的黄昏，当他将浸润孤寂、惆怅的小令吟唱完毕，“秋思之祖”殊荣便非他莫属：“枯藤老树昏鸦，小桥流水人家，古道西风瘦马，夕阳西下，断肠人在天涯。”秋思小令更似悲秋长吟，一幅透出凄凉的中国寂静画面，让人潸然落泪！

文人悲秋的另一极致，要数大文豪欧阳修，他敏感至竟能听到秋的声音。欧阳修是一位超脱人界的“神”，他对秋静的感悟自然与常人不同，一篇《秋声赋》，古今无对手！

自然之秋如何厉害以至人逢秋必悲呢？

秋是收获的季节，劳动者将其视为丰收的节日，欢喜长满心田；文学家却悲从中来，收获的后面是什么呢？不就是死亡吗？于是，秋之湖水澄清，蓝天如洗，鸿雁在天，黄叶匝地，无不让人陡升人生短暂之感慨，死亡正是人间最大、最可怕的静啊！如此说来，古人“悲秋”便颇有道理，你看古之杀戮犯人也一定要在肃穆的秋天开刀，冤魂必须在寂静的季节才有资格流尽最后一滴血，没资格享受人间宝贵的热闹时光。

显然，人类追求热闹是为逃避寂静，热闹惯了便害怕静。

但是，静虽然可怕，在人类发展史上，静处却永远是最值得珍视的境界，也是最值得尝试的实践。因为只有真正感悟、享受了静的人，才能在静处中成就伟业或颐养天年。

说到这里，我们知道并不是每个人都讨厌、害怕安静的。

古代赞美静、描写静最成功的人当属唐朝诗人王维。“空山新雨后，天气晚来秋。明月松间照，清泉石上流。”“空山不见人，但闻人语响。返景入深林，复照青苔上。”“人闲桂花落，夜静春山空。月出惊山鸟，时鸣春涧中。”这些空灵、静美的诗篇高山仰止、余香四溢。王维出身进士，至老都安做朝廷命官，出入王公贵戚的府第。高官和诗人的桂冠给他带来了无穷无尽的荣誉，但只有当他静处的时候，方感悟出纤尘不染、寂静空灵的山水静美，创造出“此处无声胜有声”的诗意画境，才让他闻名至今！

谈静，撇不开诗仙李白，著名的《静夜思》是这样写的：“床前明月光，疑是地上霜。举头望明月，低头思故乡。”曾有人说，中国没诗，尤其是这首中国最著名的诗哪能叫“诗”呢！但李白是中国挥洒古典诗歌的诗仙，他一生写了那么多长长短短的诗篇，却只有这首小诗至今妇孺皆知并将流传永远！李白一生不得志，几十年的奔波，几十年的坎坷，几十年的慷慨悲歌，只有在那一天的晚上，当李白将疲惫的身子置于静静的月华下，思想一扫而空的时候，人性纯洁归真的一首小诗悄然面世，没有华丽的辞藻却成功地将人最基本的情愫深深凝聚在“不像诗”的四句话里。它诞生在静静的月夜，是静给了作者激情，诗人的才华在静中得到永生。

表面上看，政治是“热闹人”的天堂与静不相干。其实，官场上真正功成名就者，并不是那些上蹿下跳的热闹人，只有那些身处政治旋涡而能悠然静处、静思的人，才能成为难能可贵的伟大人物。处事不惊、从容理智，或化干戈为玉帛，或扶大厦之将倾。反之，不能在政治中静处、静思的人，在人命关天、国家兴亡的关键时刻，便不能从静中汲取力量并注定与厄运相遇，或自杀，或他杀，或为枭雄，纵然都有慷慨激昂、悲壮无畏的味道，却都属于不能享受时代和煦阳光的恩惠。热闹人搞政治无异于走向地狱深渊，喜欢静的人才能做到“治大国若烹小鲜”。

静为自然之环境，孤独为人之心境。喜静者常为高尚之士，喜孤独者便常被人说成病态。其实孤独与静是对孪生兄弟，没有本质的区别。经历、把握、战胜孤独，正是人成功的必经之路。

传奇人物沈从文，当年离开部队从文是他静思的结果，从而使他成为著名的小说家。新中国成立后，他不可思议地弃文学而专事古文化研究，也是他静思的结果，因而他才能在最艰难的日子里安心地在古文化研究领域做出另一番伟大的成就。

荷兰伟大的画家文森特·梵高，因天生一头红发而一生与孤独为伴，但是，正如许多成功者一样，在他的人生中，孤独虽是苦难，更是一剂良药，孤独让梵高接近静、理解静并得到静的力量回报，使之成为跨越时代的伟大画家。至于科学史上灿若星辰的伟大科学家们，皆有过离群独居、冥思苦想，才使得他们成为科学巨匠。细观笛卡儿、列文虎克、牛顿、达尔文、居里夫妇等伟大人物，在常人眼里，静使他们在孤独中饱受煎熬，那毕竟是一种人生而排斥的可怕力量，但在人类社会进步的台阶上，因为他们超然享受孤独，孤独成就了他们的辉煌，使他们成为千秋万代永远怀念的对象，而那些迷恋和热衷呼朋唤友、八面玲珑、频繁社交的人却早已消失在时间长河不见踪影。

然而，如此浅显易懂的道理，却并不为人理解。从古至今，多少人事沧桑，因缺少那么一点点静的思考、静的等待、静的忍耐，最终酿成惊涛骇浪，悔之不及。同样，从古至今，多少天下大事，因多了那么一点点静的思考、静的等待、静的忍耐，最终避开喧嚣嘈杂，成就惊天伟业。

热闹是世俗生活，享受热闹能让人得到片刻的享受；静和孤独是无与伦比的美德，是至上境界，享受静境如达人品茶，饮之便回味无穷、神清气爽。

中国有许多成语，诸如闭门思过、平心静气、心平气和等，都道出了静的珍贵价值，在这个世界上，只有那些寻找静、享受静、驾驭静的人才是真正能干、智慧、非同寻常的人。

50 动之度

“同学们，要下力气，流一滴汗有一分收获，下一分力气会出一点成绩，你们看，我的脚在地上轻轻擦过，擦一年，地上没脚印，可是如果我使劲地摩擦，只要一下，地上就有很深的痕迹，此乃竞技体育的基本规律！”

这是我的大学体育课上一个叫洪资槐的体育教授给我们的谆谆教诲，或许很多人不再记得洪老师的话，但我记住了。大学四年，总有一些老师会给学生留下深刻的印象，而洪教授就是这少数几个我时常想起的大学教授之一。

我的身体一直不大好，所以从不想去体育赛场得名次，运动仅仅只是为了健康。既然生命在于运动，很长一段时间内，我热衷于运动，拼着自己的老命蹦跳，总以为自己蹦得高，跳得远，自己的身体就好。

然而有一天，当我的耳朵老听到别人喊我“老周”的时候，我突然感觉自己年纪大了，青年时代根深蒂固的运动理念一下子转了回头弯，有人告诉我运动与长寿的关系，我也开始思考健康的问题，生命在于运动，但真正的运动高手是在运动中寻求安静，如练太极拳、书法绘画、养花侍草，动静相宜，以静为主，如此，则仙桃不吃，长寿可期！而那些剧烈运动的高手往往或过早伤残或生命凋谢。养身，在于养，“剧烈运动”与“养身”风马牛不相及。

谈长寿，凡中国人首先都会想到乌龟、王八。俗话有“千年王八万年龟”之说，它为人道出了长寿的秘密和行动的方向。乌龟为什么能长寿？在于乌龟喜静的秉性，它静静地趴着、慢悠悠地爬，阅尽人间千年。不动、喜静是乌龟长寿的最大秘密。

为了佐证这点小小的结论，以反面教材作证最为合适。强悍、善跑的虎豹和雄狮高居动物食物链的顶端，依靠其运动禀赋痛快淋漓地绝杀其他动物，大块吃肉，但他们的寿命很难超过半百。

蜜蜂之工蜂更以勤劳不思懒惰为人类所熟知，但一只工蜂在花蜜四溢的季节，其寿命只有短短的一月有余，而那只足不出户、行动迟缓、整天只顾产卵的蜂王却能安享三四年的高寿。

我的老师，一个在专业领域卓有成就的教授，60 岁，似年轻人充满活力；70 岁，每天还能在网球场上运动三四个小时。谁见了都会赞一句。没想到突然的一天，他进了医院就再也没回来，那是 2003 年，他因说不清楚的肺部疾病离开了人世。

因为此，静养的理念掌控了我的养生言行，遇见年龄相若的同事、故旧谈及养生、长寿，我必曰：少运动，静养生，中间少不了乌龟王八之类诙谐却有用的言辞。他人或微笑认可，或斥之荒唐，但旁人的反应于我已经没有任何价值，静养的信心已坚如磐石，很多年，我都坚定静养以求长寿的信心，尽量少动以减少能量损耗。前有长寿乌龟做榜样，后有自然规律做支撑。长寿原来如此简单。不做运动，不练吐纳，身体贼棒，我为此时常志满意得。

然而，某年的一次体检结果，径直将我不动静养的理念无情击碎，我的健康指标突然间集体红灯闪亮：血压偏高，血脂偏高，尿酸值偏高，心脏动力减弱等不好的病呼呼窜出。我闭门思过不得其解，面见医生方得知要加强锻炼，多蔬菜少鱼肉，否则……

就这样，我又迫切地感觉到锻炼和运动的重要了。

我似乎一下子觉悟了，长寿自古为人琢磨的原因，也不再迷信于莫衷一是的健康口号。古语说得好：知生之必死，则保生之道不必过劳。对我来说，经过剧烈运动和静养不动的前后实践、认识纠偏，而今我明白的道理是，要长寿不能走极端，既不能剧烈运动，也不能静而不动。只有动静相宜，静中有动、动中有静，才能达到长寿的目的。

长寿的理念是什么？如何实践之？长寿的理念是静，但不是坐着不动的静，而是心静，一种看似简单却很复杂的人生实践过程。

如何做到心静呢？

知足常乐，是珍贵的人生品德，也是人长寿的基础。这里的知足不是一般人理解的因懒惰而不思进取，它是以心境平静为前提的不紧不慢，积小功成大业的前进。知足常乐常被事业中人冠于最理想的求长寿境界。

书法、太极拳是中国的国粹，也是中国人求长寿“动中有静，静中有动”的典型代表。中国书法与绘画，都需要实践者年复一年潜心练习才能渐入佳境，因此书法成名成家者年轻人少、年老者多。试想，一位白发苍苍的老者尚能写出或者画出让人慕之不及的上等字画，怎不让人啧啧称赞？太极拳与搏击武术意趣迥异，动静、高低、多少、有无、大小等量词在太极拳中不能单独存在，太极拳以中庸圆融实现了矛盾的大和谐，古时名为拳术，今天视之为养生操更为恰当。

谈到心静，千万不能忘却中国人发明的“气功”。“气”是中国传统文化中一个特别的元素，其文化精髓都有不为常人理解的孤傲品质。因此，对平常人来说，气功虽属神秘功夫，但气功的确是国人以静养身的另一重大实践。其求静的精神和方式远远伟大于其他方法，不仅要求身体之安静，更要追寻心静的最高境界。鉴于人类常因“百忧扰其心”而忧郁、抑郁，或因此而心烦气躁、身体疼痛，以此思而远之，心境之静才是长寿的基础啊！

有人说懒惰才会静处，理念看似顺畅，其实属于不健康的求静方式，因为它与动中求静理念相违背，它看似得静，却是以浮躁之心、放纵之态企图获得心灵之静，多会做南辕北辙之事。

人生几十年，无不在动与静中或疲惫，或痛苦，或安逸，或愉快，鉴于前者往往多过后者，于是古人用“百忧扰其心，万事劳其形”来描绘人身体之累、心灵之燥。那么，人到底如何才算真正做到悠然处事、延年益寿的心静呢？

其必曰：无论做什么，如果做到了身体自然舒张、心灵安适恬静，则不仅静境常在，必长寿可期。

51 婆媳之道

与母亲月下闲聊，有蚊子周边飞舞，于是话题就转到了蚊子。

母亲总能语出惊人，说蚊子是儿媳妇们变的，大意是说儿媳妇们生前受尽婆婆的虐待，死后就变成蚊子拼命叮咬婆婆以示绵绵无绝期的反抗。

我听后，觉得母亲真是大智慧，她简单却出色地道出了千百年来天下婆婆与媳妇的奇特关系。同时，也感叹媳妇何以如此可怜，即使死后变了蚊子，虽能成功地叮咬自己恨着的婆婆，却仍可能被婆婆一巴掌拍死。不能变成更厉害点的动物吗？

人世间诸多关系中，婆婆与媳妇的关系无疑是最重要的关系之一。

两个女人，本来毫无关联，却因为一个男人，于是就有了说不尽道不完的牵扯了。

然而不幸的是，旧时中国婆媳关系很少被人正面传颂，负面说教却大量充斥口头和书本中。婆婆总是一副高高在上、蛮不讲理的面孔；媳妇总是唯唯诺诺、忍辱负重的可怜相。是是非非难说清楚，于是她们的影子便一代又一代地映射到后人的身上，就像人与蚊子，会无休止地纠缠下去一样。

婆婆者谁？儿子的母亲也。从小在母亲呵护下成长的儿子，对母亲总有天然的亲近，何况母性伟大，谁能超越？在这样的情况下，有人敢对自己的母亲颐指气使、不恭敬，儿子的对抗是必然的。

媳妇者谁？丈夫之妻也。一个陌生女人，嫁入陌生的家庭，心甘情愿为一男子托付终身，为其生儿育女，持家、相夫、教子，可以忽略自己的父母、兄弟、姐妹，唯独不能忽略自己的男人与子女，这是媳妇的伟大。有人对自己媳妇不恭敬，丈夫也不会轻易答应的。

然而，如此重要的两个女人，又深爱着同一个男人，为什么她们的关系却总是势同水火呢？而且千百年来，尽管被人百般抹黑，婆婆却似乎从不言败；媳妇尽管被人百般怜悯，亦似乎总与胜利无关。

按理说，婆婆与媳妇，生活在同一个屋檐下，就没有你强我弱的必然，何况婆婆也曾为媳妇，深谙为媳妇者的酸甜苦辣。

然而，事情没那么简单。封建专制社会女人无地位。“在家从父，嫁人从夫，夫死从子”，男尊女卑恶习的盛行，早将媳妇定格成型，一生不能出人头地。此时的媳妇，未来的婆婆，已然在这样的大势下生活了几十年，没有一点怨言是不可能的。

突然有一天，儿子长大成人，娶妻，新媳妇降临了，婆婆的命运从此改变，情绪似火山轰然爆发了。她不会容忍一个陌生女人突然间分走儿子对母亲的爱。是故，她不准备和谐相处，言行必须带有战无不胜的味道，甚至自觉有传承既有婆媳关系文化的重大责任。这是婆婆自然本能的反应和长期忍辱负重后的爆发，是文化传承的现身说法。

为什么旧时婆婆对媳妇会那么强势呢？

婆婆是自信的。她倚重的儿子看似中立，却很难守信，在婆媳之间较量的时候，这个男人大多都会偏向母亲而远离媳妇，媳妇的失败是必然的。因为婆婆知道，只要自己紧紧抓住儿子的心，再强悍的媳妇都得俯首称臣。

为什么再强悍的媳妇都会妥协呢？

媳妇们从小耳濡目染于传统文化，没嫁人之前心底早生甘愿被婆婆欺压的心思，打不还手，骂不还口。媳妇也害怕，青春像花一样容易飘零，人世白眼似尖刀锋利。激情而聚、冰冷散去绝不是生存的上策，忍辱负重才是最明智的选择。如果媳妇生而性格强悍，在忍无可忍之时做了冒犯婆婆的举动，先不管家庭内部会怎样，如此“家丑”一旦外泄，不仅会让婆家威信扫地，也一定会让娘家无颜，媳妇更会遭到来自各方的责难。出现这样的“无理取闹”，力量同样来自固有的传统文化。是故，再强悍的媳妇都必须对婆婆言听计从。

以上是旧时中国婆媳关系的大致情形，可悲、可叹、可怜！

而阳光下的今天，一切都发生了变化，婆媳关系当然也在发生变化。如果说，过去因为女人经济基础不牢、社会地位低下、传统文化不良导致婆婆强势、媳妇懦弱的话，如今女人文化水平提高了、经济基础牢实了，巾帼不让须眉的女人大有人在，为什么婆媳关系仍无法变得彻底轻松、融洽、愉快起来呢？

需要对症下药了。

首先是男人的改变。

婆媳关系是否融洽，大半责任在两个女人共同爱着的男人身上。因为既为儿子又为丈夫的男人，既是裁判，又是运动员；既是旁观者，更是当事人。他如果做一名公正的裁判，哪怕只是保持中立，婆媳关系也不会紧张。事实上，男人往往难以保持中立。他处在一个尴尬的境地，两头受气，只能手足无措。但他有责任并完全可以平息婆媳战争，只需要公平、公正即可，做一个优质的“润滑剂”，便能化解矛盾，大事化小、小事化了。

其次是媳妇的改变。

媳妇该怎样做才能游刃有余地处理好婆媳关系呢？聪明的媳妇从不奢望、怂恿、逼迫自己的丈夫去恶意评价和指责他的母亲，那是徒劳的。在儿子的眼里，母亲总是对的，或者是可以被原谅的。千万不要让丈夫在自己与婆婆之间做二者必取其一的选择，也不要试图将丈夫完全地从他母亲身边夺走。如有必要，即使虚情假意也要树立婆婆的威严，在婆婆面前不分白天黑夜地夸奖他的儿子，要像对待自己的母亲一样尊重婆婆。能让婆婆高兴的事都要身体力行。如此一来，婆媳关系定然和谐。

最后是婆婆的改变。

胜利者不一定是幸福者，做开明婆婆是实现婆婆幸福生活的保证。因此，婆婆要升华，以母爱之心明白，女人一生角色的变化最为关键：女儿、媳妇、母亲、婆婆，这是一组首尾相连的女人角色变化的关系链条。是女人，都会经历做女儿、做媳妇、做母亲、做婆婆的过程，身份变化产生的酸甜苦辣，都会温顺地臣服于人类伟大的母爱。母爱的光芒将一切女人间的龃龉融化干净。明白了这点道理，何苦非要弄出个紧张的婆媳关系来煎熬自己、折磨对方呢？

如果真有那么一天，人间到处都是婆媳关系的美好，婆媳之间彬彬有礼，早已没有婆媳关系衍生出的诸多家庭琐事供无聊者消磨时间，人类会感到痛苦还是感到快乐呢？

52 抱怨

人活在世上总会有各种抱怨。

抱怨是人对自己所处环境的一种本能反应。更确切地说，抱怨是一种对自己、他人不太激烈的反抗，虽然这种反抗没有刀光剑影，也不是大庭广众下的口诛笔伐。它是温和的，是人们可能采取行动前的一种情绪发泄，虽能起到指引行动方向的作用，但它不是行动的过程，只是一种情绪酝酿。因此，抱怨有积极的一面，例如对旧的、不合理现象的抱怨。但抱怨更多的是具有非积极的一面，即使最公平公正的社会，也一定有破坏既有的抱怨存在。

思考一下，抱怨大致可以分为两类：一类是人对社会现有秩序具有潜在、直接破坏性的抱怨，我们称为涉他性抱怨。例如，人对自己生活、社会秩序、其他人事等的抱怨。对社会来说，这些抱怨既有阻碍当前社会发展的力量，也有推动社会发展的潜能。另一类是人对自我身心具有破坏性的抱怨，即自我抱怨。表面上看，自我抱怨无害于他人，对社会秩序没有明显的破坏作用，但自我抱怨是人自我情绪失调的结果，不仅对人的自我身心有伤害，如果抱怨情绪得不到及时疏解、引导、处理，也会给社会带来影响。处理得好，不仅有益个人身心健康，还能以积极的正能量促进社会和谐；处理得不好，将进一步伤害个人身心健康，还会给社会带来不必要的伤害甚至破坏。

人是社会的人，由于每个人的认知能力不同、看问题的角度不同、所处环境不同，对相同事物的认知便不同。当他认为社会环境影响了自己生存的时候，便会生出一些对社会既有秩序产生影响的抱怨，我们称之为涉他性抱怨。

涉他性抱怨很多，我们仅简单地以商人为例来说明问题。

商人逐利而生，利益是商人永远的情人。人类财富正是在商人的经商过程中散去、聚集、增值。而人类创造的所有精神文明最终都是为了维护物质财富的有序聚散以造福国家和人民。20 世纪末，经过艰苦的探索和血与泪的洗礼，我们开始了有中国特色的、更加积极有效的富国强民大实践。

旧时，为了维持彼时贫穷社会的秩序，中国商人的地位不高。原因众说纷纭，却大多与贫穷有关，为了安抚绝大部分穷人并使之安于现状，鄙夷商人和唯利是图是统治阶级必然的导向。即使如此，行商坐贾却很明白，即便地位不高，只要他们还在做商人，他们就能享受最基本的生存幸福，相较于那些没吃没喝甚至饿死的人，抱怨什么呢？不求闻达、闷声发财，正是过去中国商人的真实写照。

今天的中国，积累财富成为全民共识，商人地位亦如日中天，涉他性抱怨却出现了。

到底怎么回事呢？经商就是竞争，就是如何让自己利益最大化。如此，理论上说，公平正义是商人愿意看到的社会秩序，然而在市场经济中，商人既期盼社会公平正义，又反感社会公平正义的矛盾却时常出现。当商人处于劣势的时候，他们呼喊公平正义，想得到别人的帮助，这个帮助就是对强势企业的非公平正义的打压。而一旦他们处于强势的时候，他们呼喊公平正义，无非是想非公平地压制竞争对手的发展，让自己一家独大。商人产生如此诡异的抱怨，自然要给社会带来或多或少的不好影响。

以此类推，现实中的各行各业都有对社会以及生存秩序心存不满的抱怨存在。这些抱怨可能千奇百怪，但不管是谁，涉他性抱怨都有一个共同的特点：对现有社会秩序具有潜在的、直接的破坏作用。

其实，涉他性抱怨之所以泛滥，除了自然和人的因素，其根本原因在于社会还没有处理好利益、责任、权利之间的关系。为了处理好三者之间的关系，三者必须互相牵制，互为因果。任何削弱一方的认识，必将引起管理者的抱怨，慢慢地将引起被管理者的抱怨，最后全民都抱怨不断。久而久之，抱怨转化为不能排解的怨恨，国家自然就很危险了。

作为高等动物，除了涉他性抱怨，人总在自我抱怨。自我抱怨看似与他人无关，但既然人是社会的人，自我抱怨对社会的危害一定有，只是潜在而缓慢地发挥作用罢了。

自我抱怨，是抱怨者在人能认知的多少、大小、美丑、输赢等方面将自己与别人比较后产生的情绪波动。对个人来说，既然人不是孤单地生活在封闭的环境里，在有等级、秩序、贫富不均的社会里，谁都想在社会上占优势，但并不是每个人都能如愿，于是自我抱怨产生了。表面上看，这样的抱怨似乎有积极的一面，人只有认识到了差距才会产生向上的动力，人的一生就是与他人竞争的一生。然而，利益是有限的，成功者只能是少数，大多数人注定平凡。于是，人不仅会抱怨社会的不公，也会抱怨自己能力不够、运气不佳。

自我抱怨虽在抱怨个人的不是，但社会却不能视而不见、袖手旁观。首先，必须在教育上下功夫，更重要的，要在实现社会公平、正义上下功夫并以积极、主动的态度关注和应对各类自我抱怨，则个人抱怨最终既危害不到个人也不会危害社会，还可能利国利民。

抱怨虽不是人间大风大浪、腥风血雨，也不是强烈的言行反应，它只是不被注意却随时随地发生的个人、群体对周遭生存环境和自己不满情感的活动。我们每个人、每时每刻都身不由己地被这样、那样的问题围裹，我们的社会一定有各种让人不满意的问题存在。虽然由于人类社会的复杂性，这些问题很难杜绝，但只有社会成员都有如此认识并有相应的应对和处理问题的能力，抱怨才会越来越少，甚至于烟消云散。

53 人生四季

生命在神秘中开始，经过漫长的十月怀胎，瓜熟蒂落，一阵急促的哭声划破长空，生命的诞生让阳光在这一刻比任何时候都温暖可人。

婴儿最独特。他看似无助却伟大无比，拥有超强的治愈力。

婴儿最幸福。无论是生在豪门，还是生在平凡之家，婴儿都会收到来自父母、亲朋好友最真实的赞美、最真心的祝福。

婴儿最任性。只管吃喝，哭闹无常。无关之人或烦之厌之，有心之人却心情愉快、心甘情愿地为之服务。婴儿一颦一笑，一举一动，总有人随之附和。

婴儿最大度。面对刻意讨好的有情之人，婴儿无须言语致谢，也无须生硬、虚假的礼节，总是以最简单的哭和笑影响爱他宠他者的喜怒哀乐，让有心人甘当最忠实的奴仆。婴儿无视仇恨，他似人间最慈祥的佛，可以对索命仇人微笑，可以在将死之人面前舞蹈。人间所有罪恶，唯婴儿可以无视、无闻、无言，以博大胸怀坦然面对，让一切变得微不足道。

生命世界，唯婴儿能以无助、弱小的躯体完美阐释大小、强弱之间的永恒哲理。

婴儿长大便为少年，少年时光为人之青春。

青春是皮肤白皙，面容娇美；青春是高大伟岸，虎背熊腰；青春是无惧无畏，欢快高歌；青春是永不懈怠的奋斗，青春是玩世不恭的颓废……青春不刻意迎合谁，也不专门与谁过不去；青春虽短暂如白驹过隙，但不管是幸福的，还是痛苦的，她必然会来，又毅然扭头而去。人们留得住亲情、友情、爱情，却留不住青春年华，时过境迁回头看，终是昙花易逝、痕迹全无。

人间温馨莫如回眸青春。人间痛苦莫如哀叹青春。但所有自豪、悔恨之声未歇，无羁的青春又排山倒海般扑面而来，继续以自己的本性、节奏如自由的精灵跳跃在她们应该出现的地方，或暗淡无华或光芒四射。为什么这样？什么都可以问，请不要问与青春有关的一切！如果有人硬要得到答案，那就是从来没有答案。

过山车般的青春年华，却是青春有力的真实标签。

倏忽间，日耀中天，人到中年。

人之中年是田间埋头耕耘的老牛，无怨无悔、无私奉献，不奢望享受。把痛苦当成幸福。养育后代、照顾老人、建设家园、保卫国家。他们将时间、金钱、精力甚至生命奉献于子孙后代、国家民族的事业之中。他们偶尔的满足、高兴，不是来自财富的占有和功成名就的荣耀，而是孩子的一声呼唤、一次笑脸，老人的一次抚摸、一次唠叨，国家每一点进步、民族的每一次觉醒，这些才是他们生命存在的全部意义和幸福源泉。甚至可以说，为此勇敢地献出生命也是他们的幸福所在。

中年人的满足浸满奉献、辛劳，虽然这样的满足已伴随几千年，但却从来没人想过一丝改变，有的只是前赴后继、死而后已。中年人用他们渐深的皱纹、渐衰的身子、渐少的索取证明他们的沉重与伟大。中年人是最理解、最珍惜幸福的人，但他们却又是一群不被幸福光顾的人。他们是不折不扣发疯的夸父，幸福的太阳就挂在眼前，他们追不上，永远追不上。但他们也永远不会停止追赶的脚步！悲壮、高亢是中年人特有的幸福感觉和形式。

瞻前顾后、言行多虑是中年人的软肋，也是中年人的骄傲。

人之老年则是黄昏时刻挂在远山的太阳，不管此时多么热烈或者多么依恋，被大山吞噬是夕阳没有选择的归属，即使夕阳无限好，再壮怀激烈却毕竟壮士暮年。

生命有生有死的过程，从没偏向谁，也从没刻薄谁。任何人，不管他曾经叱咤风云抑或狼狈不堪，都将无一例外地走向风烛残年，最后死去、消亡！草木尚能根深叶茂千年，智者人类越百年便为“人瑞”。囿于此，期盼长寿的人寻遍长生不老药，练延年益寿功。但一番努力后，也是信心满满上场，垂头丧气下台，徒增笑料而已。或许对生命逝去的无奈，每个人都有不同的诠释，但谁也没有权利因此而发出任何不屑的感叹。画家张大千晚年与“奈何”二字纠缠时久，他为什么要反复唠叨这两个境界不高与他身份不甚相符的字眼呢？其实，如果我们了解张大千当年思念故土、疾病缠身、垂垂老矣的无奈，一切也都变得容易理解。名人尚且如此，我们何必苛求于芸芸众生面对衰老和死亡表现出的人间众相呢。

做人是痛苦的，因为人知道自己会老、会死。

衰老和死亡是生命的自然遗传密码，我们无所畏惧地来到世界、享受了生命的美好，却不得不面对生命尽头的谢幕。

春、夏、秋、冬轮回，是自然永恒的脉动；婴儿、青年、中年、老年生命接力，是生命存在的规律。自然四季，庄严美好永恒；人生四季，欢快悲壮无奈。慕自然悲人生乎？

悲欣交集！

54 忍的价值

某日我到湘西，自怀化下车后立即乘车赶往吉首。车行至湖南凤凰县，天色虽早已暗黑，而我脑海里却突然灯火亮堂起来：凤凰县不是沈从文的故乡吗？天的黑暗与脑海里的灯火闪耀开始让我躁动起来。于是，当汽车在凤凰县汽车站作短暂停留时，我便在“灯火”的指引下下车了。

第二天一早，我从凤凰古城的阜成门进城。路上巧遇配有导游的某旅行团队，我便尾随其后，希望能收获更多古城故事，虽有私心，但并不太失德。

然而，如此想象中的惬意和忙里偷闲的安逸，竟为自己埋下了隐患。

游玩过程中，突然，有人在我身后大吼：“你照什么？”只见一个中年女人怒冲冲地径直上来要夺取我的手机。什么意思？我感到莫名其妙。随后，事情终于搞清楚了，原来是这旅游团队中的那个女人认为我跟着团队是为了心怀叵测地拍摄他们，或者说，是有图谋地在特别拍摄她！于是她感到愤慨。她愤慨也就算了，她的男人，一个十分孔武有力的男人也加入了，而且很嚣张地对我指指点点。

当然，这场闹剧在导游的干预下很快结束了。而之所以很快结束，主要是因为被无辜牵扯其中的我强忍下了眼前的不愉快甚至侮辱。经过我一遍遍、强制性地自我安慰——忍是痛苦的，但今天的忍是值得的，我的心便渐渐平静下来，而且陡然间我觉得自己做了件很了不起的事情。如果我也像那对男女一样不饶人，今天的事很可能给我带来我不愿意看到的结果。

忍真是世界上奇妙的存在。

忍到底是什么呢?

与其他动物相比，人无愧于万物之灵长。对于别人强加给自己的侵害所表现出的“有意识的无反应”就是人之神奇之一，这种“有意识的无反应”发生的过程与得到的结果，应该就是汉语中的“忍”了。

一般意义上讲，只要被“侵犯”了利益，出于自保，是人都可能对侵犯者实施各种类型的反击。如果这种“侵犯”是无意的，反击一般会很快停止；如果是故意的，反击是必须的，正所谓“人不犯我，我不犯人”。

反击的形式大多是实时、剧烈的反击，只需一击，对方立马缴械投降；或者为了输赢，双方玉石俱焚。但现实中却还有另一种反击形式的存在，那就是忍。当人受到来自他人的强大力量的攻击或者小人故意的攻击，眼见暂难取胜时，“有意识的无反应”才是真正的“忍”。除此以外，人类遭到其他伤害时的“无反应”，可能就不是“忍”的真义了，也许是懦弱表现，也许是境界高尚。

人为什么要故意施加对他人的攻击和伤害呢?

世上有强人，那些有足够力量却以欺负别人为乐事的人我们可以暂时谓之“强人”。显然，强人的人生没有“忍”字存在，因为弱者任何的冒犯、挑衅，他们都能给予有力的回击，而且相对弱者而言，经常性的胜利滋养了强人为所欲为甚至为非作歹的胆量。

世上有小人，此说自古皆然。之所以说某人是小人，在于小人的本性会常常对弱者实施无缘无故的伤害，这种伤害很可怕，它不像非洲草原上狮子的猎杀，却正似鬣狗可怕的撕咬。

显然，世上强人和小人的存在，造就了他们的对立面弱者的存在。只有弱者存在，才有“施忍”与“受忍”的过程存在。

但，“忍不还手”是弱者的本意与目的吗？忍为强人所鄙夷，但强人不需要忍吗？对小人的普遍“忍之”，意味着小人可以为所欲为吗？

面对来自强人和小人的故意伤害，弱者的座右铭必须处处写满“忍”字提醒自己、保护自己。因为忍能保全弱者的生命和价值体系，经历过痛苦的忍，弱者将时刻警醒自己不忘过去的屈辱而自强，忍为弱者赢得了自我强大和成长的时间，一旦时机成熟，便可扬眉吐气。否则，做一个刚烈的弱者，其后果就会因为“没忍住”而遭到来自强人、小人的灭顶之灾。试想，一个人该忍的时候而没忍住，这种不计后果的鲁莽，往往使之永远失去抗争的本钱。

由此我们知道了，人之所以有意识、刻意、痛苦地选择难以下咽的“忍”，对来自无理强人与小人攻击的暂时性示弱、退让、隐忍，强劲地展示了人类生存的智慧，暗藏了人类最宝贵的生存密码。对他人故意伤害的退让、躲闪、屈从只是“忍”字内涵的一部分，是最终打败强大对手的权宜之计。以时间的积累换取“反击”的有力，才是“忍”的精要所在。

作为人类生存的必须智慧，忍的价值远非如此。一者，虽然强人成功欺负了弱者，但弱者作为强人潜在的对手，他时揭竿而起，便是打击强人的主力军。二者，弱者的存在让强人心存提防之心，不断消耗强人的力量，是弱者强大力量的表现之一。对小人，忍是智慧者实现伟大理想并最终铲除小人及其势力的战略战术。小人欺压、陷害弱者而逞小人得势之态，但正义与邪恶、君子与小人的较量，从来没让人类蒙羞，君子之忍，是小人丧钟敲响的开始，忍之越痛苦越长久，就意味着小人将被铲除得越干净、越彻底。三者，忍是客观存在，忍的广义价值有人类进步的普遍意义。对个人来说，人的一生，有多少让人被迫忍的过程呢？因为忍，人必须在各种各样、大小不一的屈辱中度过一生。但是，这不是让人绝望的特别坏事，因为只有这样，人才能在艰难中长大，社会才能在挫折中进步。假若处处针尖对麦芒、处处偏执固执、处处刀光剑影，人类的末日是否已经到来？忍是一种难得的美德，忍辱负重，委曲求全。如果把人的忍说成是软弱、苟且偷生、贪生怕死、斗志全无，观者要么目光短浅，要么眼中看到的“忍”根本不是我们要谈的“忍”。而且那些大笑着忍住痛苦的人绝对是值得人尊敬而又可怕的对手，一群比以死相搏的人更可怕、更厉害的对手。

我们必须明白，强弱永远是相对的。今天强人对弱者强加的每一分伤害，谁敢说不是他日强人遭受灭顶之灾的因？面对来自他人的伤害，强者能忍，绝不是弱小的表现，而是强者恒强的伟大风范。

小人永远只能是小人，只能在阴暗角落里生存。“过街老鼠，人人喊打”是小人的宿命，即使小人表面上强大到威力无比，却最终难逃被击毙的命运。

说到这里，问题出现了：面对来自他人的伤害，人只能选择忍吗？人什么时候能坚决地选择抗争呢？

要说清楚这些问题十分不易。或许我们只能说，一个人、一个国家必须首先营造自我强大的力量，不向弱者示强，也不遭受忍的痛苦，否则，忍是必须存在的。理论上，奢望眼前的世界没有忍的存在，只有用强制性的法律来减少这种可能性，让强人不能逞强，让小人无处安身，让弱者不必忍。但是，如此美好的愿望，要实现还任重而道远。

忍是一个事件发生、发展、结束的特殊过程，是个人、团体、国家彼此之间复杂关系的特殊反映。那么，不管是忍的制造者还是忍的承受者，都可能面对两败俱伤的结果。最终赢者必有败笔，失败者必有赢点。如果承受者最终没有忍住或者坚决地抗争了，双方只能接受各自制造的结果。

55 任性的欺骗

欺骗，就是将虚假信息传递给对方，以此获得自己想要的东西的手段。

千百年来，欺骗者虽声名狼藉，却始终生命力旺盛。可以说自地球生命出现开始，各种欺骗便随之而来。而人类文明几千年，更是欺骗者大行其道的几千年。

欺骗者人人厌恶，正直善良的人厌恶，邪恶不轨者亦厌恶之。尽管如此，欺骗者却并不像人们想象的那样只能在阴暗角落成长，在夹缝中生存，而是以骄傲的身姿，野火烧不尽，春风吹又生，在阳光雨露下成长。

欺骗为恶物。成功实施欺骗，让被欺骗者无辜受害，失去生命、损失钱财、生活受挫、心情不愉快。此行为要么是损人利己，要么是为虎作伥，成功的欺骗满足了欺骗者的自我心理欲望。

欺骗者很享受欺骗的过程和结果。欺骗之害，多为受害者的痛苦，如果让欺骗者谈感受，则完全是另一番景象。他们以骗人的手段、巧妙的骗局获得胜利，让人上当受骗，以狡黠的智慧使自己获得稀有的成功。这些欺骗的过程虽然会让受害者惨痛无比，但这些欺骗的经历却能堂而皇之地作为成功案例供后人分析、研究。大量欺骗者获得成功而没有受到应有的处罚，有人甘冒风险不断地实施欺骗。这些现象的存在，也强烈表明部分人的知识欠缺、判断水准不高；也表明国家监管体系、反欺骗手段不完善。

邪恶的欺骗者之所以能够屡屡得手，不仅因为欺骗者心地邪恶、手段高明，更在于被骗的人也心存不劳而获、心地不善所致。骗子以虚假信息设下欺骗之局而获利，受害者因为贪婪而落入圈套被欺骗。在这样的混战中，欺骗者虽然被人骂着、恨着，却也屡禁不止，一直毫无悬念地混迹于世。

因此，当成功实施欺骗不仅是因为骗子邪恶，也因为受害人心思不正的时候，我们不仅要大力惩治骗子，更要痛定思痛，下力气教育被骗者，人有不劳而获的欲望是欺骗泛滥最直接、最大的根源。没有贪婪就没有欺骗！

世界充满大大小小的欺骗，欺骗像周围弥漫的空气，林林总总的各类欺骗事件，到处能听见欺骗者爽朗的笑声或者被骗者哀嚎的哭声。欺骗存在并有如此强大的生存力，除了人有主动实施欺骗、有贪婪的原始情节以及不公平公正的社会秩序存在的逼迫，还有一个重要原因也不容小视。

人是世界的主体，较早的时候，要夺取胜利，人必须充分分析、利用对方的缺点，找出对手性格缺陷、知识欠缺、手段落后等技不如人之劣势，通过更高明的手段取得胜利。其成功案例将作为获胜方的经验、教训加以总结，当然的，其方式方法也早已没有欺骗的成色。后来，为了让更多人更便捷地获得胜利，人们开始用科学的手段提炼出更精细的方法来达到目的，例如，运筹学、管理学、营销学等。如此一来，我们当然可以用科学的方法来治理社会，也有人利用这些科学的手段对不明就里的人实施高级的欺骗。

世界充满矛盾，正因为欺骗与反欺骗的同时存在、互相制约，世界才值得人类为之奋斗，虽要为此付出人力、物力，甚至生命，但社会却因此获得从不间断的进步。

56 生来死去

生命一出现，便有追求生的自然动力和抗拒死亡的天然本能，无须教导。

怕死的本能与终究要死的后天知识，是人生命过程中非常重要的两个命题，是故，人的有些举动不仅是为了求生，更多的是因为怕死。

富裕和贫穷、愉快和痛苦都可以被人称为财富，但死亡从不被人礼赞。或有人反驳，但无论多么光鲜华美、慷慨激昂的言辞，都绝非真实的肺腑之言，仅是骗人的把戏而已。事实上，是人都怕死，怕别人死，更怕自己死。

父母专制营造生命，生命强制安装死亡密码。人必然生，人必须死，生来死去的自然命运成就了说不完道不尽的人生。

人终究一死，那么活着与死亡有多大区别呢？事实上，是人都想拼命地活着，多活几年、几月、几天都是人疯狂追逐的目标。人是如何直面死亡而愉快活着的呢？

欲望让人忘掉死亡。

常言道：好死不如赖活着！虽然人总是来不及品味短暂的欢愉，无边的痛苦便早已碾压过来。但人从没有因此失措，即使在最困难的时候，人总会本能地在痛苦中寻找新的欢愉而继续生存，循环往复直至生命的最后。这个本能是什么？它的名字叫“欲望”，欲望是人求生存的发动机，是人天生拥有的能力，后天不造就欲望但能提高和扩大欲望的品质。欲望指引人优雅体面，做正人君子，也引诱人胡搅蛮缠，甚至谋财害命。欲望让人不仅自己要吃好喝足，还要为后代留够钱财。欲望让人通过不断强化荣誉，不仅自己生前享受荣誉好处，死后也要让荣誉的余威庇荫后人。如此一来，即使死亡二字镌刻在人的心底并时刻让人恐惧，生存的欲望也总能让人专注生命值得做的每一件事情。当然，欲望也会给人带来痛苦，欲望的出现也是走向死亡的开始。欲望的二重性，价值独特，它是保证欲望发动机不烧缸而顺畅运转的固有机制。

害怕死亡逼人活着。

死亡来临，我们无能为力，哪怕曾坚如磐石、气势如虹，面临死亡也是无可奈何。

热闹是生命的要素，人死归静，永远的寂静，无生命要素的去处。死亡以强烈、颠覆性反差欲击穿生命可以承受的任何保险。人死了，生命美好的感觉便消失，可想、可图的希望没有了，美好享受没有了，甚至连痛苦的感觉也一同消亡。

正是人类惧怕死亡的心理和感受，逼迫人类疯狂追求长寿的技巧，其努力贯穿于人类历史的每时每刻，人因为怕死而找出、发现、发明的方式方法，规模之大，体系之繁复，无以复加，人类借此登上了地球生命的辉煌巅峰。

死亡是“另一个世界”。

知识告诉我们，无论不幸夭折还是寿终正寝，人终究一死，无一漏网。感觉教育我们，死亡来临很恐怖，非正常死亡都会伴随着极端的身体痛苦，非亲历者不能理解。但面对死亡，人类却从来没有被吓住，而是早已创造性地为自己营造了不怕死的理由。古神话开辟了死亡的“另一个世界”。几乎所有神话都认为，死亡只是生命存在的另一种形式，是人到达“另一个世界”的过程。譬如，中国文化中的阴间跟阳间一样都有无比美好的地方，那里甚至没有红尘的痛苦，到这样的世界继续存在并择机转世，有什么不好呢？有什么值得恐惧呢？于是，离世后到另一个世界生存是人们共同认同的美好信念。

曾几何时，“另一个世界”的观点很有用，但随着科学技术的昌盛，无神论早将人们对神话的信仰击碎，虽然当今笃信于此的人少了，但人类几千年的传统文化，并非毫无价值，至少是值得人类自我欺骗并获得成功的最有用的文化之一。

文化人面对死亡还有另一款特别的武器。

文化人笃信人死但精神不死，并坚信精神力能在很长时间里继续发挥作用，就像自己还活着一样。人虽死仍有存在感，这很符合生命的本能欲望。是故，活着的人努力做出不朽的成就是为了光宗耀祖，更是为了死后能流芳百世，不仅有他们的成就更包括他们的灵魂。显然，文化人锻造的荣誉文化是文化的集大成者，虽人死如灯灭，但斯人思想为后人记住且继续发挥作用，这便是人的灵魂常在、生命永生。胸怀如此信念，文化人每思之便心安，辛苦地活着，勇敢地死去。

求死的诡异。

人生来喜欢愉快、美味、美色，享受美好感觉是人自然本能的欲望。为人父母对子女最大的爱也是奢望后代继续享受美好感觉。然而，这种美好感觉虽天生就有，却并非天然能够被满足，绝大多数需要付出程度不一的脑力、体力劳动才能有所回报，更有人即使付出生命的代价也没能得到回报。反之，生命中的孤独、悲伤、痛苦、疼痛为人所厌恶，当不幸的悲伤、绝望特别是连续不断、无法忍受的疼痛将美好感觉中的绝大部分甚至全部吞噬的时候，人完全无能为力的时候，人的生存欲望将被痛苦全面压制和取代。求生的欲望没有了，怕死的感觉消失了，生存基础已失，人不仅会死，反人类、违背生命意志的自杀、求他杀将成为当事人最真实的想法。这是自然生命的特别脉动。众多生前沐浴荣誉光辉的名人尚且如此，况常人乎？

说到这里，尽管人类为“求生避死”做了不懈的努力，我们仍然只能感叹，自然多么无情、生命多么弱小、死亡多么可怕、人类多么无助。然而，只要宇宙存在，只要人还在，就必须顽强地在生与死的交替中高兴、痛苦，直至遥远的未来！

57 探究“大家”

“大家”是了不起的，他们像天上最亮的明星，高悬天空、光辉无限。鉴于无数芸芸众生虽一生不甘寂寞却最终无声无息，认真探究人之成为“大家”的原因，很有必要。

拥有天生优秀基因是成为“大家”的第一要素。

少有“大家”天生资质平平，拥有不同于常人的天分让他们在各个领域标新立异，想人所不能想，做人所不能做。人类众多发现、发明、创造，前无古人、后无来者的完美艺术表演，惊天地、泣鬼神的作品，庞大繁复的自然科学理论体系都是那些从小智力非凡者的“大家”杰作。资质平庸者亦步亦趋尚难领其精要，更不用说去做开天辟地第一人。

拥有优良品质是成为“大家”的第二要素。

成功的人一定聪明，但聪明的人却不一定成功。人若没有优良品质的保证，必将一事无成，再聪明其成就可能都不及一个最普通的人。因为他的天资已成为他取得成功的负能量。游戏人生、误入歧路的人，越聪敏，距离成功就会越远。

人的优良品质有哪些呢？

一曰责任。责任是人的自我认识境界，是内因。它使人不犹豫，责无旁贷地为优秀而坚持，最后走向成功。

二曰宽容。若容不得自己身边不如意的人和事，心胸狭隘者必然整天被琐事所扰，专注之神的远离，会使成功变得虚无缥缈、遥不可及。

三曰自信。成功之路崎岖，自信是无往不胜的精灵，它让人心存恒心，最终收获胜利的果实。

四曰坚持。坚持意味着孤独，习惯独处。战胜真实的孤独，是谓坚持。坚持是成功者的标配，是量变到质变的保证，是人走向成功最艰难却最便捷的道路。

以上优良品质，相互关联、相互作用。但凡拥有，聪敏者则可能成功，绝顶聪慧者则可能成为“大家”。

拥有良好的环境是成为“大家”的第三要素。

所谓环境，一是优裕的生存环境，二是优良的工作环境。

一般来说，除却悲天悯人的文学“大家”，要成功，其优裕的生存环境必不可少。一个人不为自己的衣食住行操心，方可将聪明才智专心于自己心仪的事业几年、几十年甚至一生，这是他成为“大家”的物质基础，是基本保证。

同时，要给聪明人提供好的工作环境，让其接受良好教育，与最优秀的人为伍，拥有获得成功的各种客观条件。

总结以上，若天生优秀，具有良好的品质，拥有优渥的生活环境和工作环境，人成为“大家”只是时间问题，不存在可不可能的问题。

当然，谈成功、谈大家，运气也是撇不开的话题，那么，玄而又玄的运气是什么呢？

其实，运气对每个人都是公平的，就像我们周围的空气，大家平等拥有。运气不是虚无缥缈、不可捉摸的神灵，更不应该成为失败者的遮羞布。所谓有运气者，仅仅由于他比别人具备了更多的优秀品质、才干、知识、经验而已，因此，当一个偶然的、决定成功的机会来临时，可能只是某个人的无意点拨、旁人不起眼的一句话、一个偶然的梦境，都能立即使他茅塞顿开，一个崭新的世界便会展现在他的眼前。所谓运气不好者，也仅仅因为他比成功者少了那么点优秀品质、才气、知识、经验，当运气之神谜一样在他眼前出现的时候，他看不见、抓不住而失去成功机会。

“大家”如此神秘，但大家也是人，也有凡人的弱点，也有成功与失败的苦恼。

社会发展到今天，成为“大家”的途径与过去稍有不同。过去，“大家”的出现，要么一骑绝尘，要么可望而不可即。但今天，同行多、竞争压力大，单枪匹马的奋斗者很难成为“大家”，因此，团队的力量便显得特别重要。这里的团队力量有两层意思：一者，团队是指很多人为了共同的目标而干同样的事，但最终将成功的荣誉归于某个主导者的名下。二者，这里的团队是指某一行业内的竞争者，他们分属于不同的单位、不同的机构却做着同样的事情，为了成功，大家必须将行业的权威者推出，团队协作攻关，共同成功。

各行各业都能出“大家”，但大家的身世往往不同。一些从事哲学、艺术、文学等的专门工作者，即使他生前取得了惊天地泣鬼神的成就，却始终默默无闻，只有死后才被人想起并捧为“大家”。出现这样的事奇怪但也正常。当哲学家、文学家、思想家之思想艰深难懂甚至超越了时代认知，他们生前注定因伟大而孤独，虽然成绩斐然，人却桀骜不驯，为时代不容也正常。

自然科学追崇实证。提出了思想，又身体力行实践自己思想的人才能成为真正的“大家”。正如论文写作，提出了思想，建立了模型，模拟出了现实，论文才是成功的。否则纵然理论精妙，如果无法付诸实践，再精妙、深刻的思想也不可能顺利地被承认。自然科学领域的学者们若生时难成“大家”，死后便少有出头之机会，这或许是实用技术与文化理念功效的一点点区别吧。

“大家”一般不曾娇生惯养，养尊处优。孟子说得好，天将降大任于斯人也，必先苦其心志，劳其筋骨，饿其体肤，空乏其身。因此，所有伟大的

“大家”都有共同特点，意志坚定，善于借力。

经济发达时代，必富翁多、专家多；经济不发达时代，文学家多、思想家多、道德家多，这深具普遍性的人类现象，与自然规律、社会环境有关，与个人才智、品行无关。道法自然，顺应时代言行是人的本能。

“大家”是人，但“大家”不是一般的人。他们拥有了成为大家必备的优良品质、成才环境，且有身体力行的豪迈勇气。但现实依然是残酷的，古今中外，“大家”仍寥寥无几，只有他们能享受绝大多数平凡者的羡慕。这是和谐而自然的人类生态，人类社会永久的发展范式，满眼都是拒绝庸才追逐“大家”的行路人，却不可能每个人都成为“大家”，也不可能每个人都是凡人。

58 幸福与痛苦

什么是幸福？什么是痛苦？这些问题的答案，古人探索过，今人仍在探索，然人类从来没有得到过满意的答案。但这并不是坏事，也许正因为无法得到最终的答案，人类才不厌其烦、一代接一代持续探索幸福与痛苦的要义。

幸福是什么？

幸福实在又虚无。

幸福是人的感觉，得到是幸福感觉的源泉，以得到为前提，人便能获得各种各样的人生幸福；但得到的大小、多少，却不是衡量人的幸福大小的必要条件，感觉往往让得到失去数量意义。例如，商人日进斗金，犹忧心于富可敌国的无望；乞丐偶饱肚皮，也会立生王侯将相宁有种乎的感叹！是故得到虽是人生幸福之源，却不是幸福本身。何况幸福往往来自实现得到的过程，而不单单是享受得的结果。因为一旦得到的过程结束，人要继续、持久地享受幸福，就必须心存得到的新希望和继续实践得到过程的心理准备。

幸福不择人，人在享受各自的幸福。

幸福既然是每个人的感受，上至达官贵人，下至黎民百姓，都在追求自己认知范围内的幸福，都能感受自己人生的幸福。幸福裹挟在永不停息的人类发展长河之中，每代人、每个人都在感受和诠释不同的幸福。甚至那些反人类的人也有属于自己的幸福。

幸福有成色，铭刻有道德的责任。

获得幸福是每个人的愿望，但以何种途径得到幸福却必须接受他人的监督。一切不损害他人利益而追求的幸福是人类共同的愿望，也是真正的幸福。一切以损害他人利益为目的而获得的幸福，即使微不足道，即使侥幸得到，也注定不能久远。

幸福有时效，幸福过了就失效了。

人的感觉虽然不可捉摸，无奈的是，幸福却必须靠人的感觉去丈量。人要幸福，就必须天天努力、时刻追逐，忙碌在没有终点的追逐幸福的过程中。幸福一旦驾到，即使最美好的幸福感觉都很短暂，不能保鲜以备他时继续享受。时过境迁，原来的幸福感觉必定渐渐稀释，当幸福的荷尔蒙消失，一切必须从头开始，去追逐新的幸福。

幸福在比较中体现价值。

只有历经痛苦，才知道真正的幸福。例如，一个人看到、听到、感觉到、想象到别人那些比自己逊色的人生境遇的时候，也会感觉到自己幸福的存在并产生美妙的感觉。

痛苦是什么？

痛苦无疑也是人的感受。当痛苦来自外在对人的直接刺激时，我们称之为身体痛苦；当痛苦来自外界对人的间接刺激时，我们可以称之为感觉痛苦。

身体痛苦是指外在给人带来的身体疼痛的感觉。

身体疼痛是痛苦最直接、最常见的表现形式。凡动物都有简单或复杂的神经系统，这是动物界感知世界的基础，也是感觉疼痛的缘由。轻微痛苦如夏天的蚊虫叮咬、擦破皮的轻伤，忍忍就过去了；大的痛苦如致命伤，人很难忍受由此带来的巨大疼痛。

但是，身体痛苦却并非百无一是。身体痛苦对人有用，它能警示人少犯错误，想办法让自己不受痛苦。致命的身体疼痛是自然给人的最高警示，是不能越过的生命红线，除非不可抗拒因素，往往都以毁灭为前提。

为什么生物要以“疼痛、痛苦”的方式来进化？可以肯定地说，恰恰因为人类天生拥有感受疼痛的感觉，才会强迫自己善待自己、珍重别人。因为疼痛的存在，人越之必遭痛苦之惩罚，避之则能感觉幸福，才会自觉敬畏生命和自然。同样的，因为有惧怕的东西，国民才会励精图治，国家才能繁荣富强，世界才能不断发展。

感觉痛苦是人作为智慧生物的标准配置，大致有如下几种痛苦的形式。

一者，失去的痛苦。

得到并拥有是幸福的基础，它们是人生的保证力量。失去则意味不再拥有，人因失去生存的要素当然会痛苦。有形的如财富，如父母健在；无形的如希望与寄托，失去了这些，人生失去依凭。切肤之痛，别人无法理解，自己痛不欲生。如果说失去物质尚能通过努力让人渡过难关，人失去精神，则悲哀大于心死。

二者，得不到的痛苦。

我们都希望获得财富、得到荣誉，却因为各种原因，不能心想事成。因“得不到”而失去了“得到”，就必然给人带来感觉痛苦。得不到的痛苦，大到能让人走极端甚至厌世，小到终日郁郁寡欢。

三者，想象的痛苦。

人最大的特点是能思考。一个人突然知晓千里之外正在发生的可怕事件，他会立即感到恐惧和痛苦。某件可怕的事情可能马上要发生，但暂时还没有发生时，人便会深陷想象痛苦。这是人的共情能力。

想象痛苦，是人通过教育而获得的对痛苦的理解从而给人带来的痛苦感觉。有时候，想象给人带来的痛苦远甚于直接刺激给人带来的痛苦。例如，光线、声音等刺激虽没有达到直接伤人的程度，但因为这些光线、声音使人产生可怕的想象而使人感到痛苦。

人最大的想象痛苦是对死亡产生的恐惧。

人惧怕死亡时产生的威力巨大，想象痛苦让人绝望无助，是人一生忧心的最大痛苦。当然，惧怕死亡带来的痛苦亦非一无是处，因为惧怕死亡虽是人最基本、最真实、最大的痛苦，但人若没有对死亡产生惧怕，不仅没有幸福可言，还可能是人类各种灾难来临的开始。

幸福与痛苦之间的关系是怎样的呢?

幸福与痛苦看似毫不相干，但它们要伴随人生命的每一分钟，互相印证、相互转换、互为因果。

幸福和痛苦在比较中展现各自价值。除了死亡，世上没有绝对的幸福，也没有绝对的痛苦。只有幸福过，才知道什么是真正的痛苦。例如一个陷于困顿的人，每当想到昔日锦衣玉食的幸福，现实的痛苦会被百倍、千倍地放大，痛苦的感觉远远超过现实的痛苦。

幸福往往是相对的，痛苦和幸福总是处在相互转换之中。只要人活着，没有人会永远幸福，也没有人会永远痛苦。没有新的超越，人的幸福感就会消失，甚至因此而感到痛苦。痛苦若没有止境，人类没有希望，世界早已毁灭。幸福保鲜时短，让人明白痛苦如影随形；死是痛苦，也是幸福。

以上万千说教，其实古人总结得精辟：“祸兮福所倚、福兮祸所伏。”

于是我们明白了，人在幸福和痛苦中出生，又在幸福和痛苦中死去。人的一生，就是在幸福和痛苦的不断转换中度过。

59 希望与绝望

生命无一例外，都要经历希望和绝望的人生过程。这些跌宕起伏、说不清道不明的与生命紧紧相随的传奇，看似与生命无关，却早由自然印下明亮的胎记。生是自然界最大的希望，死是自然界最大的绝望。而人从生到死几十年的生命历程就是希望与绝望此起彼伏的人生过程。

人都会经历希望的美好，承担绝望的沮丧。自然总是由远近、正负、上下等矛盾组成，人间独有的希望与绝望这对矛盾当然也是构筑人类平衡世界的一分子。它们单独存在发挥作用，又相互转换影响世界。

希望是春雨沁润的冬枝，绿色渐欲迷人眼。绝望是临冬秋叶，绿色梦碎，枯黄心碎。

希望是生命与生俱来的欲望。生命存在、欲望存在；绝望虽非吾愿，却是管控欲望的良药。

希望犹如东方绚丽的太阳，蓬勃大气，但追逐者可能会付出沉重的代价；绝望如黄昏落日，看似暮气沉沉，却可以在明天照例喷薄出崭新的太阳。

希望天生为获得、索取、排他；绝望是精神与生命的坍塌，它决定了人的生命长短与质量。

希望是人类不断进步的动力。因为有希望，人类将永远处在日新月异的变化之中。但希望不能漫天要价，必须有限度而受管控，美好希望的恣意膨胀和失控，将逐渐演化为人类的原始欲望，希望就可能变为致命的绝望。

绝望是希望的极致，是毁灭的代名词。然而，绝望并不总是人类的坟墓，生命中的绝望虽然往往对人有致命的打击，但生活中的绝望却并不都是这样。不管是谁，往往经历一次绝望后，才能幡然而悟，开始新的、更有希望的生活。

绝望是失去的代名词，但也意味着新的希望诞生。一如人从希望的山顶摔落至绝望的谷底，也可能因祸得福。

既然自然界中唯人能同时看到希望的日出与绝望的日落景观，那么，希望与绝望是大自然偏爱人类、馈赠人类的最有价值的礼物，只要我们遭遇绝望的时候心存希望，人类最终必然从自然王国走向自由王国。

60 欲望小世界

院内不准遛狗，违者罚款500元！这是大院新立的规矩。

这难为了喜欢遛狗的张先生。张先生是有头有脸的人物，破坏规矩事小，若因此失却面子却事大。不用说，张先生不再在院内遛狗。当然，大院内遛狗现象近乎绝迹。

然张先生依旧生活快乐，大家也依旧生活快乐。为什么呢？他们起早摸黑，喜欢遛狗的人在院外继续了他们的养狗事业。

人多诧异："何苦来？"

张先生笑曰："养狗的快乐和满足，不足为外人道也！"

以上小事让我明白，人间无数欲望小世界的满足，构筑了人类社会和谐的基础。

虽然人的欲望是无限的，理论上，由欲望无限的人组成的社会应该每时每刻都处于高度紧张、狂躁不安甚至相互厮杀的斗争中。然而世界并非如此，而且总体呈现相对平和的状态。纵横捭阖的政治家，威风八面的将军，干活的农民，扫地的清洁工等，司职不同岗位的人一直享受着和谐的、各得其所的幸福生活。

但是，细细一想，以上所言似乎不仅有悖欲望的本质，也有悖人类发展的初衷。小人物们不想大富大贵吗？人类社会发展既然都是个人奋斗和欲望的集合，不做奋勇争先的欲望实践，个人欲望如何实现？社会怎么发展？

20世纪50~60年代，中国家庭，特别是中国的农村家庭，一对夫妇生育五六个孩子是很正常的事情，甚至一个家庭生育十几个孩子也并不少见。孩子众多和物质短缺的拖累，使生存艰难与生活单调成为必然。因此，若从实现自我人生价值处思考问题，相对于今天只生一个孩子的父母，昔日的父母们应该是最没有生活质量的人。

道理是这样，然事实真相是不是这样呢？

猛一听，似乎那时父母们的希望今天看起来渺小而不值一提，却是他们实实在在的希望——如何让自己的孩子吃饱穿暖、如何把孩子抚养成人。而一旦实现了，他们的人生便十分满足，他们的世界便充实而精彩。至于其他的今天我们认定的遗憾，却根本没有影响他们的幸福感觉。而且，由于现实苦难的教育，兄弟姐妹间的友谊传递，他们的心理是健康而明朗的。

今天不思生育的夫妻们，他们因为没有孩子而有更多时间为理想而奋斗吗？殊不知在今天激烈竞争的社会中，在通信、网络、交通日益开放、透明、快速的新环境中，人们比以往任何时候都感觉自我欲望难以满足。财富、地位、荣誉，每一个欲望都让他们寝食难安、疲于奔命，他们感觉到人生幸福了吗？不能说没有，但至少此时他们的幸福没有以前的幸福从容、安逸。

今天的社会，政治清明、国家强大、人民富裕，人们的欲望更是得到了最大可能的张扬，只要有能力就能成功。然而，今天的人过得特别充实却并不一定过得特别安适。海量大数据、多因素的影响使得世界千变万化、眼花缭乱，也让人手足无措。

时代、时间是欲望的参数，所有人的精神生活都有时代特征。人的欲望虽是无限的，但制度、规矩划定了欲望的实践范围。

鉴于人类社会是由人组成的，组成社会人的生活质量也必然会反映社会存在的质量。为此，建设国家、治理社会、管理百姓，要积极主动地规范和指导百姓营造健康向上的个人欲望小世界，时刻关注个人欲望小世界的质量是非常必要的。无数健康、多彩、真实的个人欲望小世界的满足，正是国家、社会发展顺利的基础。

61 信悔必悔

人非圣贤，人的一生都会有无数次的违规犯过。于是就有因为有“过”而自主、非自主的悔过言行。

从道理上讲，天赋欲望不应有原罪与本善之争。但事实却恰恰相反，争论从无片刻停歇，并出现了东西方文化对此问题不同见解的长期思想对垒。

其实，东西方对此问题的争论以及对后世的影响，只是思想家一己之信念顽固与执着的结果，也是当事人为实现自我欲望、站在自己立场上发出的褒贬宣言。作为人，他们的天赋欲望明明白白，无须遮遮掩掩其自私自利甚至险恶的本质，也不应抹去人天生拥有善良情愫对促进社会发展所起的推动作用。因此，不管欲望如何被人讨论，欲望本身并不肮脏。否则，人之主体不存，何谈其他？

然而，虽然欲望是推动人类社会进步的原始动力，但在实现欲望的过程中必定会出现“多吃多占、不劳而获”等心思，如果不加节制，必遭诘难，继而引发剧烈冲突的时候，便会做出危害他人的言行。

人类毕竟不是简单的动物，人类文明几千年，也是追求公平正义的几千年，凡无端危害他人生存权利的言行都是不被允许的。因此，根据危害他人的程度而定的“规矩”出现了。

所立规矩是什么呢？一为道德，二为法律。前者为规范人之言行的文化习惯；后者为约束人言行的强制处罚条款。它们虽有轻重之别，却都有约束、限制、惩罚人随意言行的共同点。

所有规矩都有两类，一是人喜欢做而不准做的规矩，二是人不想做而必须做的规矩。人类为什么要亲手打造约束自我的紧箍咒呢？仅仅在于人有危害他人的原始情节、冲动、可能性。原始情节是很难改变的。同时，在漫长的历史发展中，人们逐步找到了提升自己的一般规律：依靠集体、社会而不是个人的力量才能获得不断进步。故严肃自我约束，建立公共约束机制是人类文明的特点。

什么是“人之过”？一切为了自己和他人故意伤害他人的言行，一切有悖于社会规矩的言行都是“人之过”。过有程度不同、大小不同的区别，对过的惩罚也会程度不一。轻者几句说教可以完事，重者可能被限制自由，更重者则可能被处以极刑甚至剥夺生命。

显然，对人来说，因犯过错而遭到道德谴责或被法律惩罚是可怕的事情。于是，人的悔过言行就自然而然出现了，我们称它为悔过行为。

人之悔过行为可分两种类型。一种是因犯过错遭到惩罚而害怕再次被惩罚的自我悔过。这是一种值得称道的积极认错态度，虽然它只在短时间内有效。另一种是为了逃避即将到来的惩罚而向他人悔过的行为。可以看出，向人认错的悔过并非自愿，功利性极强，可信度极低。

显然，一个人犯了错，不管是出于私心还是有意为之，一旦事败，当正义得到伸张，相应的惩罚可能到来时，当事人面临可能因此失去财产、名誉、地位、自由的时候，他的第一反应必然就是后悔，痛心疾首，顿足捶胸，痛哭流涕，悔不当初。

自我悔过能信吗？

不管犯错之人是瞬间起意还是思考良久，只要他最终付诸了行动，非法获得了自己想要的东西，他必定在某段时间里是欣喜若狂的，此为欲望所决定。如果不幸事败受到了惩罚，当他因为遭受惩罚而陷入困顿的时候，回忆昔日“幸福”，一定会让他生悔不当初的自悔。

然而，斯人自我悔恨也许是实实在在的，却是廉价而不可信的。规矩在前，尚且明知不可为而为之，是人秉持欲望本性与规矩对抗的狂妄无忌行为。也许事前他曾有过害怕，但贪婪本性最终战胜了一切理智。所以失败者的自悔仅为暂时安慰自己和欺骗别人的把戏而已。一有机会，故态复萌的概率很大。

不仅自我悔过是被动、虚伪的，因东窗事发后向他人悔过更是被逼而做作的。为免于即将到来的惩罚，他们奢望通过认罪态度端正来减轻自己的罪过。于是，口头上忏悔，行动上忏悔，看似虔诚却险恶。如此明知故犯者的忏悔，可信度有多大呢?

“悔”或许有人的自愿，但更多的是人害怕后的狡猾。之所以下如此武断的结论，是因为有过错者忏悔前所做的事与忏悔时所言的词，意思截然相反。他们忏悔之前所做的事，是人本性的自然流露，罔顾危险而为之，证明了他们的本性顽固。

因此，我们可以相信一个人会主动地做有益于社会、他人的事情，因为他是自愿的。人为了利益，会出现主动压制自己的原始情节，做出利他的事，但相信一个人的悔过言行是不明智的。人为了自己的利益，既然曾冒风险放纵欲望，表明其原始情结坚若磐石，改变之，比登天还难。

教育之职能不是可以将人塑造成人们希望的好人吗?

教育无疑是有用的，它能把一个懵懵懂懂的孩子逐渐培养成谦谦君子，让没有生存能力的人掌握生存技能，懂得利害轻重，教人如何趋利避害等。教育能把人培养成守规矩、明事理的人，但却不能改变人内心的原始欲望。更不可能把一个人完全变成不食人间烟火的、完美无瑕的神或者机器人。

教育的目的，是通过教育强制修补人之本性缺陷，减少缺陷的危害程度。但是，无论多好的教育都不能对本能缺陷斩草除根。缺陷的根茎仍在，一旦条件成熟，本性欲望便会苏醒。

俗语“天作孽犹可恕，人作孽不可活”道出了这样的道理：一切与人有关的悲剧都是人的本性使然，而且是不能饶恕的。因此，面对昨天道貌岸然或者嚣张跋扈、今天却痛哭流涕悔过的人，其必曰：信人悔必自悔。信人悔，便会对悔过之人疏于防范再次给予其伤人的机会。信人悔必自毁。对有过之人失察便会断送自己大好前程，放任有过之人作恶也会逐渐毁掉人间善良长城。

但，人非圣贤，孰能无过。人不做不后悔的事是不可能的，相信一个人的自我悔过是不明智的。要把有原始欲望的人变成好人，必须依靠教育不断引导，依靠国家法律法规严加惩处，依靠人人有理想的文明社会的有力保障。三方良性互动，人间才会减少犯错的人，少一些终日忏悔之人。

62 寻找沈从文

像所有工科学生一样，逆反心理总会盘踞于我心。于是，我的业余时间甚少钻研工科，常常尽可能地涉猎人文社科方面的知识，例如阅读文学、历史、地理等书籍，现在称“人文素质培养”，在我的青年时代尚没有如此特别的教育理念出现。

于是，周末的时间，我如果钻进了图书馆，便十有八九在看诸如《中国新文学大系》的散文、小说或者其他非专业书籍。有一段时间我对唐诗宋词产生了兴趣，上课的时候，表面在听讲，心里可能在背一首唐诗；老师以为我在专心记笔记，其实我可能正在专业书籍的空白处默写宋词。当然，我对文学书籍浮光掠影式的爱好，最终没有让自己有更大的收获，就像我对自己所学专业亦不甚了了。更可笑的，是父亲为我购于20世纪70年代末的四本一套的《红楼梦》，我到现在也没有看完，且永远看不完了，因为十年后的某一天，我将夹在自行车后座的《红楼梦》第二册弄丢了。如今，残剩的三本还躺在我的书架上，反正，只要我还活着，它们就会安稳地躺在那里。一本我十分爱惜并倾注了很多心血背诵默写的《唐诗三百首》早已支离破碎，但直到现在，我也不能熟练背出几首。

唉，想起这些，真是惭愧！但是作为一位曾经的文学爱好者，那时的热情、向往都曾轰轰烈烈的真实存在过，也总会有一些值得自己回味的事情。

大学中会有许多社团、协会，文学社自然不会少。在学校的校报上，或者在路边的橱窗里，总能阅读到一些爱好文学的学生的文学作品，小说、散文、诗词等。记得我好像也应时应事地写过一点什么，琢磨了好几天，最后做贼似地将文章投进信箱，结果一如泥牛入海，从此没有消息。如此打击让我郁闷好一阵子，也正因为如此，我对校报上发表的文章有了更多的崇拜。

记得有一天，天下着小雨，我撑着雨伞站在橱窗前认真阅读一篇文章。作者是谁已经记不得了，那是一篇评论文章，分析、评论中国的小说和小说家们。满满好几张纸，内容忘记了很多，但里面的几句话却给了我强烈的触动："除了沈从文及他的湘西小说，中国没有真正的小说家和真正的短篇小说。"这是我从没感觉过的新鲜！从小学认字开始，我阅读过的中国小说虽十分有限，但都是响当当的中国小说家们的作品。作者为什么下如此结论？沈从文又是谁？他写的小说到底是什么样的呢？

我带着强烈的好奇，开始寻觅沈从文的小说以解心中之惑。

没承想，一座偌大的大学图书馆没有借阅到沈从文的著作，校内外的许多书店也让我失望。一直到我大学毕业、分到工作单位，我的寻找没有停止，也没有取得实质性的进展。这点尴尬，放在当下是新鲜传说，但却是 20 世纪中国文化发展状态的真实写照。

1987 年，我作为铁道部第四勘察设计院的见习生，被派遣到当时的江西"向塘至吉安"新建铁路勘测工地工作。这条铁路最后成为于香港回归前全线正式通车的举世闻名"大京九"铁路的一部分。

我所在的勘测队驻扎在江西省革命老区吉水县城。既是曾经的老区，当时的吉水县城里，房子都是江西那种特有的与自然极和谐的色调，灰色的砖、灰色的瓦。铁路勘测队伍的到来，喜煞了当地政府和人民，他们把我们安排在县政府招待所住宿和办公。

因为我当时身体不太好，便被安排在住处搞内业资料的整理。这样的便利，使得我有机会光顾招待所附近一家不算大的书店。按照当时的情况来看，我们国家正处万象更新之际，出版业不发达，人们工资水平低下，书店也没有多少书可卖，更没有多少读者进书店买书。

然而我是多么幸运啊！在这里，在江西省吉水县的一家小书店里，我无意间发现了我一刻不曾忘怀的书：《沈从文小说选》。我为此高兴莫名！

这是一本很厚的小说集，出版社已经记不清了，纸张也不是很好，封面更没有现在书籍的鲜艳华丽，只有干巴巴的几个字躺在上面。书看起来不是很新，一定已被很多人翻阅过。我看到了它，就那么一本，当我激动地将它从书架上取下来时，仅“沈从文”三个字就让我激动了好一阵子。自然，我还看了一下书的定价，好像是两三元吧，也已记不清楚了，姑且当成三元吧。我先看的书的前言，我从没有如此仔细看一本书的时候，因为崇拜，更因为好奇，书上的每字每句似乎都饱含着不平常。

那时候的我很老实，老盯着一本书看，便觉得不好意思。但我心里早打定了主意。进门后，我先拿书看一会儿，然后将书放在别人不易看见甚至买不走的地方，接着在书店四周装模作样地转两圈，再将书拿出来看一会儿。一天当然是看不完的，其他的日子，我会将书“藏在”书店某个自以为隐蔽的柜子里，等第二天再找出书来看。这样的方法居然很有效，一连几天我都高兴地去，满意地回。当然心里的不安也从没停歇，万一有人将书买走怎么办？万一被书店营业员发现怎么办？还真是的，世上事，你怕什么就会来什么。某一天，书店营业员终于发话了：“哎！同志！你到底买不买呢！书都被你翻破了！”我脸一下子就红了，其实那个店员好像也不好意思了，像她做错了什么似的。显然人家早就注意到了我的把戏，只是没有戳穿而已。我只能狼狈地逃出书店，一连几天没敢再去。一来我内心觉得不好意思再见人家书店营业员，二来我内心另有激烈地思想斗争，书太贵了，在买与不买的斗争中，我没有拿定主意。

犹豫让我没有采取果敢的行动，这成了我的一大遗憾。

不久，我接到电话，要马上赶回武汉总部。时间紧，事情多，一时间我竟将买书的事给忘了。坐上回程汽车的一刹那，我就开始后悔，为什么不买呢？多少年的期盼啊，不就是三元钱吗。强烈的自责让我难受。拥有不在意，失去便珍贵。我恨起了自己，于是在回单位的第二天我便给仍在江西工作的同事写了一封加急信，信封上印有的“航空”二字给人见信如面的急迫感。几天后我接到人家的答复：没有找到你要的书。

许多年后我把故事讲给女儿听，她也只是笑着摇摇头：“爸爸你呀！”便什么也不说了。女儿是一个喜欢读书的人，但她也很难理解我那时的窘迫和遗憾。

时间一晃到 1992 年冬天，我随着一支铁路勘测队伍进驻湖南，从事湘黔铁路增建第二线的勘测工作。第一站，勘测队伍驻扎在湖南省新化县一个叫坪口的山区小镇上。

坪口镇一边紧靠湘黔铁路，一边挨着柘溪水库，因为“交通便利”，山坳小镇虽不起眼，俨然是当地的交通枢纽、物质集散地。尤其是山区农民赶场时的那份热闹，很有城市车水马龙的味道。这里山大谷深，没有像样的道路，交通必须靠人畜的两条腿来实现；房顶都是当地灰黑色的土瓦，房身却早有现代化的超前感，一律用当地上等的松树、杉树原木拼装的木房，还能闻到松树或者杉树特有的芳香。男人、女人大都缠着黑色头巾，穿着土布长衫，个头不高，说一口湘西当地土话。正巧当时电视台正播放着一部与湘西有关的连续剧《乌龙山剿匪记》，于是我们很有新鲜感和好奇感，时不时就会融入赶场的人流过一把瘾。

我们的住处在镇政府所在地，该有的东西这儿都有，其中就包括镇政府开办的坪口图书馆。图书馆虽不大，却很快成了我们这些人的经常光顾之地。

谁能想到，我在这家隐藏在湘西山区小镇的图书馆里，见到了我苦寻许久的湖南人民出版社出版的《沈从文小说选》，版本虽与江西吉水的那本不一样，但仍让我激动不已。此时此刻，在这个偏僻的小地方，没有谁注意到我的兴奋。我紧攥着那本书，笑眯眯地走向图书馆管理员。那是一个小姑娘，我二话没说，十分痛快地将五元押金送上。别小看这五元钱，很多人都会软硬兼施地与小姑娘斗斗嘴皮，最后以低于五元的价格将书借走。小姑娘显然很高兴，小声地对我说："记着还回来，我退你的钱。"租金好像是一天一角钱，五元是多大的金额啊！足够买下这本书了。

亲爱的姑娘，此时此刻，你就是让我押50元钱，我肯定也是这么好的态度。我心中积压日久的私心膨胀，我以少见的礼貌"成心骗走"了图书馆的馆藏书籍。实际情况正是如此，一个骗子、疯子将书的归属永远改名换姓。尽管书上面至今还贴有图书馆的标签，但它回不去了，永远地回不去了！当然，对于自己这点见不得人的龌龊，我每想之虽不自在，有隐隐的内疚，但我经常这样安慰自己，对于出版商、作家沈从文来说，该书应该物有所值、物尽其用了。因为它让我逐渐地"认识"了湘西人民优秀的儿子沈从文，并多少了解了发生在湘西的那段奇特的历史。

不用说，这段"骗书"的人生经历，使我对沈从文先生有了一些特殊的感情，直至今天我对发生在今天湘西凤凰县的每一件事情，都会予以特别关注，并将我对沈从文较多的了解告诉别人而倍感自豪。而这一切，都源于我大学时代所看到的那篇文章，源于我曾经数年"寻找真正小说家"的那段人生经历。

今天，我的书柜中还多了两本书，一本是《沈从文散文选》，另一本是《沈从文传》，紧挨着的还有那本《沈从文小说选》。每当我看到它们的时候，心中有一种特别的感动，同时也有一种久久不能消散的愧疚。相较于现在流行小说的泛滥成灾，我却能肃然起敬于沈从文和他的作品，它真实地见证了一个曾经热爱文学的人对书籍的虔诚，也见证了我所犯下的可怜的罪行。

湘西坪口镇，那位面貌清秀、纯洁善良的小姑娘，你是否已原谅了发生在十几年前我对你、对那个小小图书馆的欺骗？

63 感觉差异

进入腊月，农村人都要做一件大事：杀年猪。

当凄凉的惨叫响起，小孩子们就知道某家在杀年猪了。

门前支起一口大锅，锅下燃着噼啪作响的烈火，锅中翻滚着热水，这时候便早有一群胆大的孩子们围在那里观摩最残酷的过程：不早不迟，一头昨晚被主人好吃好喝伺候过的黑白相间、惨叫不已的大猪被人从圈里拽出，旋即被按在门板上，杀猪佬便手捏尺长的杀猪刀迅速而又准确地白刀子进红刀子出，叫声凄凉，血沫喷出！猪依然做着垂死挣扎，当散着热气的猪血盛满瓷盆的时候，一切便结束了，猪将自己短暂的一生完整奉献给了自己的主人。

嚎叫戛然而止，屏息围观的孩子们便在大人的驱赶声中散去，但他们的勇敢至今让我羡慕不已。不用说，我是个胆小的人，从未当过一回勇敢的杀猪看客。即使每年我们家都杀年猪，我总是早早躲得远远地，捂着耳朵、撇开眼睛不敢看。以至于后来媳妇坐月子要杀鸡补身子的时候，我宁愿挨骂，也不曾敢宰杀过一只小小的鸡。

我的老家位于江汉平原的西部边陲。几十年前，那里曾是一片沟汊纵横、芦苇疯长的荒野之地，但那里也是我童年的乐园，围垱捉鱼、钓鳝鱼的经历是我至今不能忘怀的美好记忆。我从小就是捞鱼摸虾的好手。应该说捉鱼、杀鱼、吃鱼的经历是我生命中不能抹去的童年标记。可是直到今天，我虽依然喜欢吃鱼，但从心底里不愿杀鱼了，有时想到杀鱼的过程都觉得不安。以至于每年秋浓蟹肥之时，家人把活蟹放进蒸锅，我都会迅速走开。我自然不是君子，却真实地作了“君子远庖厨，食其肉，不忍闻其声”。

我曾住一楼，没事便找门前空档处种下几粒扁豆。生命的力量与收获的渴望时常吸引我关注它们：看它们发芽、长大、开花、结果。突然有一天，物业说不准乱植物，必须清除，眼见新开的花和柔嫩的小扁豆即将遭遇灭顶之灾，我心中颇感难受。我虽拼命拖时间以示我对生命无辜的悲伤，但是迫于压力，扁豆藤蔓终于被我连根拔起。我虽心生不忍，却也做了一回摧毁植物的刽子手。

我佩服演员的技巧，他们能在戏台上、银幕中将人间悲苦饰演得那么逼真，就像自己身临其境、感同身受一样。记得小时候看电影，包括后来看电视剧，每当看到“好人”受难要死去的时候，我都会撇开目光不忍直视；有时看一篇悲情的文章，我也常常会被作者带着一起为主人公的不幸遭遇或者生命凋零前的凄凉而悲伤。

以上是我，应该也是很多人对生命遭遇各种不幸时的感觉差异。

面对大致相同的悲情，人为什么会有感觉差异？

人对所有生命受苦受难时产生的感觉差异不是故意做作，差异的存在与人的本性有关，与所受教育有关，与受难者是否传递人惧怕危及自身的恐怖刺激有关。

人是贪生怕死的动物。杀人偿命是我们必须遵守的规矩，而且人被杀的惨状——不管是从书本上得到的知识还是人的亲身经历，受伤流血、痛苦哀叫、死亡绝望都会给人带来巨大的恐惧。同样的，其他生物，例如牛、马、猪等大型动物死亡前的嚎叫和鲜血也会让人心生恐惧并生怜悯、同情之心。无疑，人对死亡的恐惧心理与怜悯之情，不管是先天的还是后天形成的，对人的生存很重要，对其他生物的生存更重要。

然而，人又是欲望强烈的动物，人并非对所有生物都能给予对生命的同情、怜悯。例如，当人杀鱼的时候，因为鱼被杀时不会流出大量鲜血、不会发出死亡前的痛苦哀鸣，没有视、听等方面对人的强烈刺激，便严重削弱了人杀鱼时的恐惧与怜悯之情。而当人捏死一只蚂蚁、拍死一只蚊子时，因为受难者个头小、不会哀鸣、流血不多，它们的痛苦和死亡几乎不会给人带来任何恐惧，人自然就没有任何恐惧的感觉，也不会心生任何同情、怜悯之情。至于人砍伐一株植物、毁掉一片林地，同样也不会痛不欲生。对生命心存选择性的同情、怜悯，是人的罪恶，也是生命的悲哀。

虽然人的利己本质始终存在，并可能在合适的时机爆发出来，导致人类对生命可能的杀戮漫不经心，但人类却没有因此走向毁灭，也没有出现哀鸿遍野的灾难，人类自定的外在法律与内在道德约束功莫大焉。依靠法律、道德的力量约束人、惩治人，是人类社会的最大特点。虽然法律、道德约束只能使人的残忍性得到遏制，不能从根本上解决问题。但是，因为法律约束往往是一个不可逆的过程，一旦产生法律纠纷，表明态势已经产生了不可逆转的结果，于人于己都是可怕的。道德约束是感官刺激的结果，感官刺激看起来容易管控却最难操作，但是道德却是目前人类拥有的最好用的鸡毛掸子，至少拥有能拂去人们看得见的灰尘的能力。

为了减少感觉差异对生命可能的伤害，我们自然要想到教育。自古以来，人类实现自我意志、完善自我最普遍而有用的方式就是形式不一的教育。

虽然教育并非全能，世界上各种悲哀的不断发生，表明教育并不能解决所有问题。但是，即便如此，人类从来没有舍弃教育。

教育最大的职责是如何锻造人性，通过教育提高人性是教育的最大职责。人性是什么？人性是人对生命的尊重与关怀之情，是敬畏法律、坚守道德的精神。人类发展快慢无关人类生存，人类有无人性事关人类存亡。在人性基础上适时传授专业技能以促进人类发展，才是人类发展的永续保证。

64 生命之旅

若要问今天的中国发展最快的是什么，真正发展最快的不是专业技术的革新、经济指标的攀升，而是文化体验模式的深刻变化。譬如，人们时下谈论最多的旅游文化就是典型例子。从严格的户籍制度管理到鼓励全民外出旅游，这种变化不可谓不大。

旅游的概念，对中国人来说既清晰又模糊。因为在中国人自古受到的“修身、齐家、治国、平天下”的传统教育下，纯粹的旅游只是“人生在世不称意”时玩世不恭或者无可奈何的放浪形骸。以前的人根本不会把宝贵的时间浪费在出门旅游上。

古代中国，出仕以报效国家是人们根深蒂固的理念。要做官，就必须学业优，要学业优，就必须知识丰富、见识广博。要达到这样的境界，唯坚决地沿着“读万卷书，行万里路”的道路前行最为有用。实践这条道路人们称为旅行。

因此，说旅行，必然是一个严肃的问题。虽然旅行与旅游仅一字之差，意境却有着天壤之别。前者受读书人推崇，后者被读书人鄙夷。原因就在于，人出门旅行绝不似人旅游般身心轻松、愉快。

旅行与旅游之不同，首先在于出行者主要是谁。旅行是文化人的责任，肩负着沉重的人生成长之责，行万里路如同读万卷书，为的是获得“修身、齐家、治国、平天下”的本事。可以这样说，中国古代发生的所有远行和游学，都是为了增长自己的本事，以图他日报效国家，或博取功名流芳百世，或出人头地以庇荫后代。至于富家子弟或者文人雅士的游玩，不是真正文化人的爱好，更多的是玩世不恭，是上不了文化正席的稗史、野闻。

因此，从严格意义上说，中国古代没有旅游。文化人不齿于此，平民没能力远行。当然，无论如何，中国古人的远行、游学、旅行都是温馨而高尚的行为。文化延续至今，它仍然是人类发展征程上最为温暖的回忆与可继续实践的过程。

谈了中国古人的旅行，我们也要看看古代外国人特别是欧洲人的远行。

古代欧洲人，远行的目的与中国人不同。当著名的《马可波罗游记》在欧洲家喻户晓后，欧洲似乎一下子冲破了中世纪黑暗的铁幕，到东方探险的狂热勃兴起来。上至皇室，下至海盗，理念共振、言行一致。他们是海盗或者美其名曰探险者、冒险家，而不是简单的远行者，是因为他们都狂热地抱着如何到一个向往的地方掠夺财富的愿望。这一目的与中国人旅行以图他日报效国家的志向、与今天享受美好生活的旅游简直风马牛不相及。

但是，西方人信奉的丛林法则，近乎彻底地改变了世界政治、经济、文化秩序。把所有人都强行卷入了利益的旋涡不能自拔。回顾历史，人类发展经历了弱肉强食的野蛮。今天，人类社会已经得到了高速发展，人类战胜自然的能力、克服自己欲望的手段达到了相当的高度。但不管是富裕的还是贫穷的，人并没有获得身心的完全自由，每个人都必须不断地为公平、公正而斗争，还必须为基本的生存条件而奋斗。

当下，为满足人身心自由的现代游玩式旅游显然不是当今人类生存的必须。因此，当下人们不仅对旅游价值和意义认识肤浅，所有旅游都与物质财富高度相关。它是富裕者生活的炫耀，贫穷者谋生的手段。甚至可以说，今天的旅游不仅还没有成为人类生存的必须，还充当了亵渎人类生存意义、存在价值的呐喊者。

但是，人是万物灵长，绝不能说人类发展的初衷与目的仅仅只能以牺牲人类的生命自由不断地与自然作永不停歇的斗争。人类的发展史、个人奋斗史，必须是摆脱贫困，追求富足安逸，享受身心快乐的历史。

人类追求自由发展的心与天地永恒。人类可以以血肉之躯、智慧之力获得荣誉、赚得钱财，成为享受事业有成的身心满足者，虽然这些努力中也许有不光彩的历史与现实。然而，人类也必须有让自己沉浸在健康快乐中的义务，它是人生命历程中不能缺少的伟大事业。如果工作不是人生全部价值，而旅游又不是我们所处时代必然的事业，那么，一个人只有同时完成了“工作与生活”两大事业，才算完美阐释了人生存在的价值与意义。

工作与生活是人生的合唱，如何工作已属老生常谈，当今炙手可热的旅游事业，就是更好地实践如何生活。

让“游遍天下”成为人生活的信念吧，来一场生命之旅。在从出生到死去漫长却有限的时间里，我们去旅游，将自己的精力准确无误地投放于地球，对不同的国家与民族、不同的奇山与异水、殊途同归的文化实施全方位的体验。

在将来，无论你是哪里人，无论你是谁，人们放下自私自利，高举平等、自由、发展的大旗：出门远行，游遍天下，玩转地球。让旅游成为营养生命、锤炼人性的全人类共同事业。

当某一天，人类频发的卫星中有一颗卫星被冠名为“人类全球旅游督察卫星”，并每天、每月甚至每时、每刻向世界播报人类世界旅游的数量与质量的时候，“游遍天下、生命之旅”的事业才算兴旺发达，人类幸福生活的春天才算真正到来。

“游遍天下”是颠覆人类既有生活理念的新生活宣言，而现代科技发展，特别是现代通信技术、互联网技术、交通技术的高质量发展，已经为人类实现生命之旅奠定了坚实、牢固的基础。

为方便说明问题，我们简单地以风生水起的中国高速铁路事业来描绘、展望未来，依靠高速铁路实现人类“游遍天下”的全球旅游绚丽蓝图。

高速铁路在中国大规模应用之前，人类既有交通工具如飞机、轮船、汽车、火车等已经相当成功地帮助人类实现了较短时间、较远距离的旅游。尽管如此，以上交通工具仍不能完全满足人类游遍天下的愿望。今天不一样了，高速铁路以比汽车、轮船、普速列车更快的速度，比飞机更灵活、绿色的运输方式，彻底改变了人类的生活方式，也必将改变地球上所有人的生存方式。

我们可以大胆展望，当人类生存环境逐步地消除不和谐，当追逐财富不再是生活唯一目的时候，“游遍天下”将成为人类共同的生存信仰，条条贯穿世界各国的未来高速铁路是人类值得信赖的可靠的交通工具。

我相信，未来某一天，横贯各国经济发达、文明多样的沿海高速铁路大动脉将不仅成为世界沿海城市经济持续、高质量发展的财富之路，还将成为全球旅游最具吸引力的高速铁路观光线路。

高速铁路穿行世界，铁路网络四通八达，世界上还有哪个国家、哪个景点不为人类旅游事业囊括？即使未来高速铁路并非最适合全球旅游的交通运输方式，但只要人类始终秉持快乐生命的生存理念，来一场生命之旅还是天方夜谭吗？

65 门神

人的一生，言行受吃穿住行、自由快乐等生物本能牵引，但言行的度则受痛苦、道德、法律三者的管控。

借鉴中国传统文化有门神护佑的说法，我们可以将痛苦、道德、法律视作护佑人生的三大门神。敬畏门神会让人知道哪些事能做，哪些话能说；哪些事不能做，哪些话不能说，如此则人生平安。蔑视门神则会因没有惧怕、没有规矩的胡乱言行，因此失去快乐与自由，甚至可能生不如死。

人都有本能欲望，奢望吃穿住行的满足，奢望不受约束的自由快乐。但是，物资的有限性，让人的本能欲望无法完全得到满足，并可能为突破困顿而恣意妄为。然而，恣意妄为必将付出代价。那么，如何才能规避风险又尽可能地满足欲望呢？请为人生贴上护佑门神。

痛苦是人的本能，也是管制生命的红绿灯。

感受痛苦，是生物进化的标志。越是高级动物，越能敏锐地感受身体痛苦带来的不适。例如，人不仅能感受身体的疼痛，还能感受人特有的心理痛苦。痛苦能给人带来恐惧，便自然要提醒人规避可能导致痛苦的各种风险。因此，对人来说，痛苦虽可怕，却是人生最忠实的报警器。它以天生的感觉和条件反射让人主动避开可能产生的身体痛苦以安全生存、愉快生活。否则，恣意言行必遭身心痛苦，小则疼痛难忍，大则丧命。

道德是人类安抚本能欲望的鸡毛掸子。

每个国家、民族都有自己的道德准则。各国、各民族的道德范式有相同之处，也有不同的地方。一般来说，道德是群居的人保护自我的约定俗成，以道德称之的各种规矩，遍布人类生活的方方面面。

人并非天生威风八面，道德是让人做一个正常人的基本要求，是人类自救、救人准则，是保护弱者的基本规矩。道德，从出现的时代到展示的内容，都是为了规范人的生活准则。

道德不仅能保护弱者，更是惩罚弱者最好的武器。因为弱者往往是遵守道德的模范，违反道德者必定首先自责，继而遭受道德谴责甚至责罚。道德是人手中的一柄鸡毛掸子，可以扫除别人和自己身上的灰尘。

法律是管制本能欲望的吸尘器。

让大多数人安分守己，是社会管理者的愿望。道德能教导人如何做“人”，却无法管制不愿做“人”的人，法律是国家、政府的吸尘器，道德的鸡毛掸子只能拂尘，而灰尘换了地方，仍然存在，仍然是有害的。吸尘器能彻底清除灰尘，依靠法律强大的力量能将灰尘“连根拔起”。

法律是现代国家的标配。各国的法律有相同之处，也有不同的地方。但是，万变不离其宗。法律是社会进步的产物，法律对人的保护是鼓励、保护为社会做出贡献的人事以保证社会不断进步。而法律打击、惩罚犯罪者是维持人类的公平正义原则，对可能为害社会的人实施处罚。这是国家维护社会稳定和发展的必须。

一个人要一生平安、万事顺遂，主动在自己人生大门上贴上痛苦、道德、法律的佑人门神是不是很有必要呢？

66 原动力

人类的言行都有目的性。

人类达到目的的方式方法各种各样，有原始的、现代的；有光明正大的，有见不得人的。但驱使人言行的原动力只有三个：欲望、压力、信仰。

欲望是人言行的基本动力。

欲望，这里特指人的天赋欲望，是人作为动物存在的基本能力。它首先是人对物质满足的需求，其次是人对精神满足的需求，人类追求的精神世界为人类独有。物质与精神虽可以相互作用、相互转换，但它们之间却有秩序之别。人类欲望的第一需求是对物质的追求，而不是对精神的依赖，即使精神世界很重要，但是没有精神世界，人可以像动物一般活着，若没有物质，人不能生存，精神世界更无从谈起。

中国人曾经很穷，直至20世纪末，中国经济发展的号角才高亢嘹亮。发展经济、强大国家成为时代的最强音。今天的中国能成为当今世界经济发展的引擎，能成为东方巨人。原因有很多，而现代中国文化对人的物质欲望的正确诠释、正确引导是最大原因。

人的欲望就像一粒药丸，能治病也会伤人。没有欲望的世界是不存在的，对欲望的打压，就是对人性的否定，对欲望的追逐，是人类不断获得发展的引擎。但如果顽固地把自己的欲望建立在别人的痛苦之上，人的欲望就变成了杀人的洪水猛兽，可怕的妖魔鬼怪。

压力是外界强加于人的动力。

如果说人最原始的欲望是人改变世界最直接、最强劲动力的话，那么，是不是说人的本能欲望得到满足了就不再有改变眼前世界的心思？譬如说一个国家承诺给另一个国家更好的生活，前提是必须兼并后者。那么，后者会欣然允诺吗？

一个人很穷，一个国家很穷，即使再贫穷几千年，也可能无人起大变革的心思。可是，一旦国家面临被人恣意欺凌，即将亡国的时候，人和国家将立即思考改变眼前局面。显然，此时改变局面的欲望是人本能以外的其他欲望，是保护自我文化标签的欲望，是维护自我和民族荣誉的欲望。让这些欲望发挥作用，是外力影响的结果，这个外力我们可以称为压力。当一个人、一个国家受到了来自外部的压力时，就会有改变眼前现状的动力。

一百多年以来，很多在国外已经功成名就的中国人，本可以在当地悠闲地享受物质与精神的双重满足。但是，当新中国成立伊始迫切需要人才建设的时候，思乡之情、民族之情、国家之情开始折磨他们，他们倍感人生使命的压力。最终，无数优秀的中华儿女毅然放弃他国的优渥生活回到祖国，为祖国建设贡献力量！

一句话，压力是人类改变自己、改变世界的另一原动力。没有压力，这个世界或许不至于灭亡，但社会前进的速度和质量却要大打折扣。

信仰是人实现自救的终极动力。

欲望改变世界，压力激发变革。但是，既然国家有强有弱，能力有大有小，就必然会发生鸡蛋不能碰石头的现象。毕竟人是世界的主角，如果人都没有了，何谈其他。

当欲望不能被满足、压力不能被突破时，人类改变世界的另一原动力发力了：它的名字叫信仰！

回顾人类历史，我们能看到许多奇妙的事情，每个古老文明都伴随着宗教文化。

几乎所有宗教教义都准确地标定了长远目标，且不崇尚使用暴力快速达到目的，总以耳濡目染的民心浸润来实践宗教教义。

宗教多发轫于文明不发达的时期，在人类的几千年历史长河中，利用宗教实现世俗目的是很正常的事情。

显然，人类改变世界的第三种力量是信仰，与宗教信仰不同的是，现代信仰不再虚无缥缈，而是最终能实现的人类理想。作为人类改变世界的又一重要原动力，信仰的力量就是愚公移山的力量，以信仰统摄的社会状态是人类梦寐以求的理想社会。

信仰改变世界，与欲望、压力改变世界不同。一般来说，人依靠欲望、压力改变世界，可以是和煦的春风，也可以是冰冷的寒意。主要是人类必须被迫付出时间、财富、生命来获得自己想要的生存空间、财富、地位、荣誉。但信仰不是强制性规范条款，它是人类自愿付出自己的时间、财富、生命的实践过程。即使信仰者明知付出是在追逐根本得不到的理想，追逐信仰的实践过程却都是真实可鉴的，这也是现代信仰之所以宝贵的原因。

然而，全民化信仰，必定是信仰适应了人类社会的发展规律，人类依靠信仰不仅能在既有秩序和环境中收获心灵安适和物质财富，更重要的是能让成果的质量越来越高。信仰最珍贵、最有力的力量来自源源不断的信仰者，前赴后继。短时间内信仰看似平平淡淡，看不到奇效，但当漫长的时间过去，世界却真实地发生了看得见、摸得着的变化。有时候这些变化并不与信仰的初衷完全吻合，甚至此时的信仰与彼时的信仰虽名字相同，作用也已经发生变化，但人类的发展却已经离不开信仰了。这就是信仰的力量和价值所在。

人类从哪里来，到哪里去？我们说不明白。在当下，人却必须有信仰。这个信仰不是玄学，而是使人类一步一步走向自由、完美、幸福明天的理想与实践。有了这样的信仰，人类才算是与地球同在，与宇宙同在！

总结以上，人理想的一生，是能实现人的本质需求即人的基本欲望，在欲望的驱使下，对眼前世界的万事万物做需要的探索和改变以满足个体的欲望——这里的探索和改变不是个体欲望的恣意索取，而是在一定规矩框架内合理、有序的实践过程。

人类面对各种压力，无论从哪方面来说都是危险的，因为压力存在的本身就是反人类自由生存欲望的。因为压力而出现的改变世界的欲望，都具有玉石俱焚的悲惨色彩。

依靠信仰改变世界的真正用途、价值体现在，当世界处于落后、暴力、愚昧、不公平的时代，思想者依靠信仰的坚韧不屈，向信仰的理想目标前进。当世界已经走在科学昌盛、公平公正、文明和谐的盛世，新时代的信仰不再是需要信仰者身体、思想极端付出的实践，而是要求人坚守促进人类技术进步、公平公正、文明和谐的理念，愉快、自觉地实践这些理念，并把这些理念当作满足自我精神欲望的最重要的动力。

67 远去的故乡

每个人都有自己欢喜、忧愁、牵挂的人和事。

在众多人和事中，故乡是最符合条件的。

谈及故乡，一般人脑海里浮现的就是家乡。然而，此说也不全对。我的理解是，家乡更多是指某个人出生和曾经生活的地方，人与地方一一对应，缺一不可；而故乡不同，故乡的分量比家乡重，而且人和故乡可以一一对应，也可以单独存在，往往失去一方时，另一方的继续存在，才是故乡特别不同且价值非凡的地方。也就是说，故乡是曾经的家乡，但家乡不一定是故乡；家乡是实际的存在，故乡既可以是具体的地方，也可以是虚拟的想象，更可以是具体与虚拟的混合。

人为什么要离开家乡？家乡如何变成了故乡？

家乡偏僻、贫瘠，为求生存，人离开家乡的行为是“被迫”的。被迫离开为人所不得已，离开之人一般少有珍贵的上进心与丰富的情感。相反，人为追逐更高境界而自愿离开家乡的行为是“主动”的。主动离开是为了自己更好的生存所做的珍贵的努力。相应的，他们做人有德、做事有果，他们对家乡的眷恋之情往往会成为人类自觉传承的故乡文化。

无论被动离开还是主动离开，离开家乡的人往往终其一生都会有家乡情结。藕断丝连的人情世故、独特的自然风貌、璀璨的历史遗留、古老的文化习惯都是他们对家乡梦魂牵绕的缘由。显然，想家不是简单的、短暂的思念过程，而是和着欢乐、血泪的长相忆！当然，这份思念家乡的情结是令人为之心动的情感，是无比宝贵的情结。

离开家乡的人都奢望成功。有一路高歌径直奔向成功的人，有饱受磨难、历经风雨后的成功者。曾经的失败者也没有因失败而龟缩原地，他们的凌云之志未泯，他们的生活混合着泪水和汗水。但无论是谁，只要成功了，这些昔日默默无闻的人是最需要赞美的人。那么，值得他们珍视的最有价值的赞美来自哪里？唯有家乡的亲人和朋友。

只有那些离开老家后，通过奋斗以卓越的丰功伟绩把家乡涂抹上与众不同的感情色彩的人，自己却因各种不如意永远无法回到家乡，此时的家乡便成为远方的他为之哭、为之忧、为之喜的故乡了。故乡即便是飞沙走石、黄沙漫漫的苦寒之地，也是他心中烟雨迷蒙、禽飞鱼跃的江南水乡。那份思念之甘苦非亲历不能言说，看似无力却如黑洞般存在。而且成功者的灯塔、人类争取自由幸福的永恒精神，让成功者思念的故乡声誉鹊起，成为其他人仰慕之地、敬礼之地而心向往之。即使荣誉加身的他早已驾鹤西去，他的故乡亦将成为无数后人前往崇拜、瞻仰、凭吊的心中圣地。

伟大的故乡诞生了，成功者演绎的成长传奇故事必然引起共振，并最终蝶化为故乡情结。这不仅仅是中国文化人的素质自恃，已成为中国人自觉遵循的宝贵传统文化。

关于故乡的故事很多，故乡情结绚丽灿烂，但世界上真正能给人心智以冲击的故乡情结只属于获得成功者。人与故乡是亲密的情人，故乡滋养了人，人成就了故乡。

然而，当我们致敬成功者及他们的故乡，感同身受他们伟大的故乡情结，欣赏他们故乡独特文化和自然风貌，撷拾他们成为成功者的心路历程的时候，我们真的明白这些非凡的成功者的故乡情结的真谛吗？难道他们为成功而奋斗仅仅只是光宗耀祖的应分表演吗？

20 世纪后期至今，短短几十年时间，中国便由一个贫穷、落后、饱受内忧外患的国家，华丽地破茧化蝶成民族独立、国家强大、百姓富裕的现代化中国。自然的，中国社会全方位的激荡和变化，也必然会产生无数崭新的存在，并对既有存在带来巨大的冲击。中国人故乡情结的减少甚至可能的消失，就是这些变化之一。

春运，中国曾经特定的专用名词，最初指的是成千上万的农民离开家乡外出务工、回家乡团圆过年产生的短时间、集中的人口流动现象。

农民离开家乡，不似中国古代文化人出门博取功名，也不完全是生活不下去被迫离开老家去异地谋生。他们离开家乡是为了改善生活条件、资助孩子继续上学、给自己及家人治病等去赚取更多的钱财。他们在中国各地出卖苦力，不仅把赚到手的钱悉数带回家，人也会如候鸟一样每年回家过年。

但是，中国农民虽散布四方为国家建设出力，但他们却很难享受故乡情结。成功的农民，那些会赚钱的人，会在城市安家立业。由于他们几乎逃一般离开了贫穷、偏远的家乡，一旦富裕便举家迁徙，他们已经抛弃了家乡，当然家乡也抛弃了他们。

城市化，是世界各国普遍遵循的发展规律。城市既是国家工业化革命的发源地，也是大量人才的积聚地与精神文明彰显之地。因此，为了更好地生存，赚取更高的工资，享受城市提供的各种福利，城市像巨大的吸铁石把散布全国各地的优秀人才吸引到城市生活和工作。

如果说到城市生活的第一代人有着浓郁的故乡情结，那么，城里出生的第二代、第三代人便逐渐消亡了父辈、祖辈心中的故乡印象，也就渐渐不再有宝贵的故乡情结存在。但是，江山代有人才出，正是城市的人才虹吸效应才让故乡文化得到传承而且越来越芬芳四溢。

进入 21 世纪后，中国社会开始展示其强大的力量，并开始从社会内部改变原来固有的秩序。

城市化成为人们的共识，城市人才的虹吸效应更加凸显。很多优秀人才被吸引到城市，同时偏远地区有能力的人也纷纷来到城市。

有幸进入城市的人，心怀更高层次的理想。但巨大的变化让他们措手不及。随着社会高质量的发展，工业化生产模式让人拥有凡事“快速批发”的思维，于是原本特色鲜明的城市文化开始走向全国性的整齐划一。各地特色旧城被拆除，新城如雨后春笋拔起，身处城中一番浏览，只知地名不同，城景大致相同，少有各地城市古老文化给人的难忘。中国传统饮食文化虽最大可能地得到了保留，但现代社会的大流通、大融合，让各地特色饮食文化在扩张性发展的同时也极大模糊了自己最宝贵的原始地域特色，饮食文化的独特性开始走向褪色之路。得益于社会进步、经济发展，各地教育、医疗、公共事业有所发展，却也让城市市民因为享受到基本雷同的生存环境而不再有各地的特色。与故乡情结相关的“材质”要素或消磨殆尽，或被吞噬干净，表明人类的人文环境在同质化的过程中，故乡独特的基础渐渐崩塌，人的故乡情结再难产生，故乡文化也就慢慢消失了。

昔日思乡情深，是因为人思乡心切却由于各种原因无法感受故乡诸多美好。谁知今日的科技大发展，却实实在在地帮了一个倒忙。科技发展、虚拟与现实互动，将异地分处的人其乐融融地聚在一起话尽思量、享受缠绵。现代交通工具成功地实现了数千公里朝发夕至的目标，不同文化的全方位快速享受使得各地文化失去了原有的独特性、神秘性。更厉害的，过去获得新知识主要是通过人与人之间的言传身教，甚至需要游学，行万里路，读万卷书。但今天的世界已经颠覆了所有，只要愿意，宅在家里便可依靠互联网，不仅吃穿住行全部搞定，各种想学习、想追逐的目标都能成功实现，并能足不出户在家中享受到各种虚拟的美好。如此，故乡文化如何在你、我、他心中生根发芽?

虽然贫穷不是故乡情结存在的合适环境，但人类的命运也绝不是以无止境追求物质财富而无视精神文化缺失为最终目标。如果人类因为大发展便毫无怜惜地丢弃优秀传统文化、摧毁精神家园，那么，故乡消失了、人类情感消失了，只有无情感的机器人来来去去，人类还有灵魂吗？人间还有爱吗？没有爱的人类还有希望吗？

以上种种巨大变化对故乡情结造成的软硬伤，正是我们每思之便忧愁的缘由。如此，面对即将远去的故乡情结，我们中国人计将安出？

无论过去、今天，中国人对故乡特别的热爱、对故乡牵挂的特别情结，是对古老的中华文明能否继续发扬光大、中国独特文化能否持续有效传承、人类情感如何寄托的深沉担忧。

人类对自由、快乐、幸福的永恒追求，必须一如既往地散落在无数情感之中，其中就包括无数个人对故乡的浓浓情结。故人在，故乡在，乡愁在，牵挂在，文化在！如此，我们才能坦然。

68 丈量生死距离

朋友神情沮丧，几天前还幸福地说自己母亲如何健康，家庭多么幸福。不料其母突发脑出血住进医院，至今昏迷不醒。几天后再见，朋友仍沮丧至极，其母亲仍无知觉，且医生给朋友暗示，人也许醒不过来了，即使活过来很可能成为植物人，言外之意是要朋友做继续治疗或放弃治疗的决断了。

放弃治疗，朋友便永远失去了母亲，并将永远背着道义枷锁。继续治疗，不仅家庭可能因此摊上经济拮据的苦难，如果其母最终成为植物人，也是痛苦。

亲情总是伟大的。朋友坚决地选择了后者。而老人家在医院深度昏迷近一个月后，在家人不间断的“呼唤”努力下，竟睁开了眼睛，而后开始张嘴说话并渐渐地基本实现了生活自理。医生说是奇迹，是儿女对母亲的爱创造了奇迹！

朋友母亲的不幸与幸运让我感触良多。朋友是幸福的，因为他的坚持，他的母亲哪怕仅仅再多活一年，儿女们尽到了神圣的责任，更收获了幸福的满足。他的母亲是幸运的，因为孩子的不放弃，昏迷的她从死亡边缘折了回来。

生命如此宝贵又如此脆弱。因此，生与死不仅是人时刻面临的人生问题，求生避死更是值得人类尊重的价值观。是故古人云：天地之大德曰生。佛语亦曰：救人一命，胜造七级浮屠。

人类自觉贬抑恶劣者、褒奖善良者。让尊重、保护、抢救、延长人生命的言行成为最基本的道德规范，是因为现实世界中并非每个人都有朋友母亲那么幸运，也并非每个人都有朋友那份责任与担当。试想，当人的生死距离由他人决定时，活着的人是否感到恐惧？

以上所言生死距离是人生与死之间的时间长短。其实只要利益仍在左右言行，不平等还是世界基本的颜色，国家经济便有大小、品质的差别，社会文化也有优劣、高下的不同，个人有贫富、善恶的面貌，那么，人类对生命的尊重便从来不会达到统一的高度。人的生死距离便一定会出现人为的长短不一。

人的自然寿命谓之天年。天年的生死距离有长有短：细菌几分钟，草履虫几小时，蜜蜂几十天，人生几十年，树活几百年……但只要生命遵循自然规律，生死距离无论长短，都值得人类羡慕。那么，排除不可抗拒自然力量的伤害，如何为处在“生不由己”状态下的人提供最大可能的帮助，以延长他们的生死距离，是考验、检视人类是否尊重生命、是否具有起码的良知的试金石，也是人类最原始、最崇高、必须尽忠的天职。

死刑犯、重伤员、罹患绝症的病人，他们的生死距离显然不由己，并令本人深感恐惧不安。但眼前的结果是自然的，是缘于他们曾藐视自然、破坏规矩，其结果也是自然规律的应有结果。

但是，在当事人不能掌控自己的生死距离，但有关的其他人能掌控的时候，如果没有外力的帮助，属于他们的生死距离将立即缩短或马上终止，但如果得到来自他人的帮助，生死距离便能得到延伸甚至能最终享受天年。

亲情、感情能延长人类的生死距离。因为亲情的存在，人类才能不断地演绎永不雷同的悲喜剧。拥有亲情永远是人类幸福延续和生死距离延长的最基本人情。自然的，血脉相融的亲情最能狙击死亡的来临。

知识、文化能延长人类的生死距离。既然死亡的来临最终不可逆转，唯有人类挑战自然的知识与文化能最大可能地保护生者、延长生命。如果没有现代人类知识文化，人类只能永远叹息生命短暂。

道德、理智、规矩能延长人类的生死距离。人必须始终把自己当成有道德、理智、守规矩的人，才能延长自己的生死距离。

财富、资源能延长人类的生死距离。至少在相当长的时间里，财富、资源总是人类稀缺品，那么，只有那些拥有财富和丰富资源的人，才最有可能延长生死距离。

69 慢性病

某天，我突然发现自己左胳膊上莫名长出一个“红嘴子”，微痒，久久不消。原以为是蚊虫叮咬所致，于是我到药店买来一种治蚊虫叮咬的“绿药膏”涂抹，虽没有效果，因为实在是小恙，即使创口被衣服日久摩擦、无意间抓挠得越来越大，亦并没引起我特别的注意。

不久后的一个晚上，我喝了一碗牛肉汤，第二天早上起床，便发现浑身长满红红的疹子，脸也似乎因此而变形了。我很害怕，急忙到某医院求治。“银屑病。”医生扫了一眼便道。我不知道什么是银屑病，脸上露出极大的恐惧。“不要紧张，银屑病俗称牛皮癣，一种顽固的皮肤病。去做切片检查实证一下。”于是，便有另一个医生瞄准我的左腿，在很疼的情况下挖了一点我的腿肉放进冰箱，等待化验确认。六天后，我的病历上便赫然写下结论：符合银屑病特征。

既为皮肤病，武汉市第一人民医院是当时中南地区最好的皮肤病专科医院，我便想尽办法去到该院就诊。

经过一段时间的问诊、化验。“湿疹!”一个老教授最后坚决地拍板定案。我不知道银屑病与湿疹有什么不同，但我知道给我看病的老教授是该院知名的皮肤病专家。于是我老老实实回家，规规矩矩按医嘱喝药、涂药。奇迹出现了。那些该死的疹子竟很快消失了。可以想象我当时是多么高兴!

可是，我高兴得太早了。我最终没有将湿疹根治，因为医生要求即使没有症状了，也要连续用药半年，而我并未坚持。于是急性湿疹便演变成慢性湿疹了。

谁承想，就这简单的急、慢之不同，带给我的几乎是一生难言的痛苦。

生命个体，从出生到死亡，都无一例外地会受到疾病的折磨。疾病种类当然很多，而每一种病似乎都有医生告诉我们“急性与慢性”之分。急性发作，若能对症下药，病便治好了。但若来不及治疗，人就可能有生命危险。因此，急病虽来势汹汹，但遵医嘱、用最恰当的药，急病马上会变成没病。如果没及时治疗或者治疗不彻底，急性发作的病就往往会变成慢性病。慢性病难治，花很多钱也不一定能治好，但慢性病虽病程长，也意味着病人不会立即有生命危险。

慢性病的可怕是，既然慢性病没有眼前的危险，医生的态度变了，病人的心态也变了，慢性病不会立马死人，而且也不是一时半会能治好的，因为钱的问题、时间问题、信心丧失问题、医疗水平等原因的共同影响。病人没有了对疾病的恐惧，不在意自己的病，长期带病生活、工作也不会有特别异样的感觉。

我成了一名标准的“慢性病”患者。几乎从被医院定性为“慢性病”的那一天起，我再没有到医院医治。即使后来我知道该病长期侵害身体可能会引起身体诸多器官的病变，我仍没有半点的行动，甚至慢慢地没有了恐惧的心理。

无疑，我是悲哀的。然而环顾左右，我却绝不是孤家寡人。世界上被慢性病折磨的病人该有多少啊，我哪里是唯一持消极态度的人呢。更重要的是，我还有更大的发现，人不仅对自己身体上的慢性疾病如此漫不经心，对待社会各种缓慢发展的危险事端的态度也几乎如出一辙。

1989 年，我出差去珠海。在拱北海关，第一次见到了珠海对面的澳门，第一次感觉到了澳门的神秘。

当时，内地还很穷，进出海关的澳门人当然能感觉到内地人投来的羡慕的目光。他们进出海关便自带神气，目不斜视。我稍微驻足，便会发现澳门人一出海关，便有内地人很快迎上去，他们互不认识，也不说话，双方迅速完成了他们要做的事情。当然也有不成功的，但没人气馁，更无少许羞涩，十次出击总会有几次的成功。他们在干什么呢？他们在买卖香烟。那时，中国的香烟不多，洋烟更是稀奇。澳门人进关，总会带上一些洋烟，便总会有等在海关门口的内地人递上早准备好的零钱去交换。甚至有人告诉我，澳门人进关一般不带钱，直接用交换的烟钱买回需要的东西如蔬菜，再返回澳门。中国人则将换来的洋烟，在内地销售。

我在这样的场合第一次认识了洋烟，也第一次在洋烟的烟盒上看到了“吸烟有害健康”的告示——这是当时内地香烟烟盒上没有的。没过多久，所有国产香烟也都印上了“吸烟有害健康”的字样。

我不是烟民，虽不知道吸烟的妙处，却知道它的害处。但如此堂而皇之地在烟盒上写上“吸烟有害健康”的忠告，到底是为什么呢？

随着中国经济不断发展，健康长寿受到人们越来越多的关注。谁都知道吸烟有害健康，但是，人们发现，没有如此担心的时候，全国上下也就那么几家烟厂的香烟在市场售卖，因为穷，人们填饱肚子自然比吸烟更重要。但现在，当人们倡导不吸烟的时候，中国大地却烟厂林立。学校有研究烟草的专门机构，有人曾因此评上院士。卷烟插上高科技的翅膀，由手工到机械化、由土烟到色、香、味俱全的高科技香烟，由一包几分几角到现在几元、几十元、几百元甚至上千元，中国烟民数量在不断增加，初次吸烟的年龄在不断减小。为什么会发生如此自相矛盾的事情？

或许有人说，出现如此怪事，皆因吸食香烟能让人上瘾之故。

吸烟上瘾，我的家乡有这样一出绝唱。昔日农村每年每家都要杀一头猪过年，尽管猪可能大小不一，但那是每家全年最大的营养供体。这样说来，腊猪肉该是农村家庭多么珍贵的财富，但我的一位邻居烟民趁家人不注意的时候，心安理得地将家里准备整修房屋时招待泥瓦师傅用的一块腊肉偷出，并迅疾卖掉，换回几条“大公鸡”香烟，安然享受起来。因为此，女主人哭了好几天。

香烟是一种对身体有害的东西，国家为什么要大量生产、销售呢？烟草之所以行情见涨，是利益在兴风作浪。企业集现代科技研究烟草，扩大烟草生产规模，满足烟民抽吸，全赖烟草税收利益的强大吸引力，而且，现今人们手中香烟不仅是为了满足烟民的吸食欲望，还成了经济社会体现人身份的标志和应酬手段。何况，吸食香烟确实能让人得到某种神秘的快感。

明知山有虎，偏向虎山行。吸食香烟是人类冒险、求刺激天性的最有力证据，是人类对“慢性病”所持态度的典型案例。

香烟是怪物，它不仅没有被人赶尽杀绝，而且并不孤独，经常与之联袂出场的另一怪物曰：美酒。

酒是中国人的首创，并是中国人特别是文人们美其名曰“琼浆玉液”的宝物。也就是说，烟、酒之所以被冠以“香”“美”之艳词，是因为它们曾被人类视之为有益的好东西。

但今天，香烟、美酒已被人类明确标定为有害的东西，酒是一级致癌物。无数人因长期酗酒而中毒、死亡。但人类对之没有半点的恐惧，不仅仅因为烟、酒刺激神经后能产生莫名兴奋的美好感觉，更因为烟酒只不过是慢性杀手而已，一刀下去，几十年后人才可能流尽鲜血死去，绝没有“鹤顶红”立马毙命的厉害。所怕为何？更何况，都说吸香烟、喝美酒有害身体健康。事实上，世上吸烟、喝酒之人并非人人短寿，不吸烟、不喝酒的人亦并非人人长寿。如此又怕从何来？

人类如此麻木于慢性病的恶劣习惯，只能如此解释：人总是要死的，早死晚死却总要死。既然现在有病却还没到要死人的时候，糊涂地享受眼前，不比整天忧心忡忡好吗?

人类对自己身体的慢性病和对社会慢性发展的不良事端所持态度何其相似。

人类社会面临的问题千变万化，对应的策略自然必须随机应变。

对待社会慢性发展的“疾病”，以灵活不失有效的方法慢慢等，直至某一个重要窗口打开后再一劳永逸地解决问题，是一种特别值得尊重的解决诸多棘手社会问题的好办法。后人可以认真总结经验教训以获取更好的未来，但很难以简单的正负认定当事者的对错，只有绝对值也许更能显现应有的价值。这或许是人类社会发展必须付出的代价吧。

70 反弹琵琶

《菜根谭》是国人熟知的一本书。几百年来，该书虽无《论语》《道德经》等中国古文化经典之特别殊荣，亦无臭名昭著之忧虞，有人对之嗤之以鼻，亦有人欣然悦之！为什么这样？其必曰：即使再过几百年，要解释中国人铭刻于民族性格中的一些古老痕迹，此书一定是思考者必须注目的书籍之一。

若从利益入手为古代中国人划分等级，大致可以分为上、中、下三个等级。上等者是那些当世既得利益之人，或高官任坐，或荣华富贵，他们也是现实世界最忠实的卫道士。中等者是那些虽有思想却无利益在手之人，常被后人冠以怀才不遇、报国无门、愤世嫉俗的落魄文化人。下等者是那些既没思想也不能改变自己命运的普通老百姓，他们人数众多却百无一是，既受上等者欺压也不为中等者认可，生前饱受生命磨难之苦，死后便了无痕踪。

不难想象，《菜根谭》这部书，非上等者所写，书中的谆谆教诲，跟上等者无关。因为上等者在意如何恣意享受生活，而不是思考如何设法获得利益甚至出让利益。下等者自然也不可能写出此书，他们一辈子想着如何填饱肚子、养家糊口，《菜根谭》中饱含人类思维之美的精灵辞藻，与大字不识者无关。顺理成章，能写这本书的人一定是中等者。《菜根谭》作者洪应明正是一个“幼慕纷华，晚栖禅寂”的落魄文人。

我们不妨以普通人的眼光，去窥视一下落魄文化人的真实心路历程。

思考、实践如何建功立业是中国古代文化人的责任和使命，也是他们念念不忘的人生理想。但由于各种原因，文化人的理想被现世残酷斩杀者多，虽饱读诗书，却出不能为将、入不能为相，心不甘却无力回天，只好一任“怀才不遇”无休止地折磨身心。他们的人生应该有两种选择：要么继续愤世嫉俗或怨天尤人悲壮地死去，愚钝却不失刚烈；要么继续与命运抗争，做各种努力，不成功也成仁。除此似乎没有更合适的路让文化人行走。但万事不会决绝，中国古代落魄文化人是聪明而又幸运的，他们不仅找到了可供行走的第三条路，而且是一条连统治者都高度认同的道路。

这是一条什么路呢？

弄清楚这个问题之前，我们首先要明白古代统治者都在想什么。

总的来说，贫穷是中国封建王朝无法避免又无力解决的国之大事。那么，在王朝穷、百姓穷的情况下，找到保证老百姓不造反、王朝稳定的灵丹妙药当然是统治者日思夜想的头等大事。

乍一看，这是一道几乎不可能求解的难题。但实际上统治者却并不着急。因为有人不仅为他们找到了解题办法、还写出了“正确答案”。这些人不是别人，正是那些奢望建功立业的文化人。

他们找到的路，便是殚精竭虑给统治者奉献“锦囊妙计”。这不仅高度契合了封建专制社会的社会现状，还巧妙地把统治者所想所思成功地落到了实处。其庞大理论体系中所展示的形象思维成果更是精美绝伦，直达人类思维之极致。

当然，中国历史并没有按照统治者及文化人的理想运转、开合。翻阅几千年来所有在中国存在过的封建专制王朝兴衰史，文化人开出的“治国良方”看似契合现实却存在致命缺点。因为它以刻意压抑人的生理欲望为出发点，理论虽庞大，意境虽精致，但普通百姓既难理解，更难实践。时间一长必会心生反抗。统治者将之当成天下百姓生存的规矩。以温柔的“迷魂药”

安抚饿肚子的穷人，以虚无的“心灵鸡汤”滋补落魄文化人。奢望以此让所有人即使饿死也要守住节操，勇做王朝安稳的保护者，其结果是导致封建王朝积弱积贫，最后走向灭亡。终让这些美妙的思维精灵，因为不切实际而成为玄而又玄的虚伪宣言。更严重的，因为统治者长期把这些虚伪说教当成“治国良策”，玷污了中华民族的文化血脉，把充满智慧的中华传统文化毒化。

中华传统文化中的虚伪成分，当属追求不切实际的信念，虽极尽文字华美却毫无实用之处。譬如《菜根谭》，满篇都是无数浮在天上的不着地气之言，是言之有理、做之颇难的律己语录，尽管精美似袅袅仙音，却因为需要个人以身心磨难为代价去实践。当这些国民做不到也不愿意做的高标准被统治者当成规矩向全民推崇，最终必导致空话、大话、假话弥漫于全国。时至今天，这些不良习惯仍时不时地在中国的大地上发挥巨大的破坏性作用，阻碍中国现代化发展进程。

既然为文人煲就的“心灵鸡汤”，落魄文化人的解题方法、要旨所在还有特别的新颖之处。

谈到洪应明，我们绝不能忘记另一个大名鼎鼎的人物，一个家喻户晓的人，他的名字叫陶渊明，他因一篇文字优美、旨趣叛逆的《归去来兮辞》，享受了一千六百余年的荣光。他的这篇文章为什么如此有名？不仅得到无数落魄文化人的效仿，还得到了统治者的默许，文化人、统治者如此异口同声地推崇这篇文章，目的是什么呢？

与其说《归去来兮辞》是一篇由文人咏唱的优美诗篇，不如说它是落魄文化人和统治者炮制的“逃避现实、不负责任、轻家国重自我”的著名宣言。中华民族之所以曾如此破乱、落后，从某种意义上讲，陶渊明及他的这篇文章传递出的对国家毫无担当的“自我清高”难逃“罪责”。

当然，作为抚慰心灵创伤的寄托，也许他们的优美文章，对安抚个体生命来说是有用的。毕竟追求生命愉悦和个体长寿是生命本能。但种田赏菊，以退为进的人生态度，只能是个人牢骚，绝不该当作国民仿效之行为，客观上只会给社会发展带来极大的消极和破坏作用。

任何时代、任何国家，文化人都必须肩负应有的社会责任，心怀良知，坚韧不屈，伸张正义，服务社会。如果反其道而行之，罔顾社会灾难，只想独善其身或逃避现实去获得自己心灵的平静。这个国家是没有前途的国家，文化人也是斯文扫地的文化人。

国家、社会、人类的演变规律，影响因素众多。同样的，对于中华民族的发展历程，我们自然不能仅仅依据现有经验去分析。对《菜根谭》这部鸡汤式的古典名著，若做“反弹琵琶”之分析，或许能使我们得到更真实的教育与反思。也能让我们真正做到，通过继承、保护、发扬光大中华优秀传统文化更好地为我们的国家、社会服务。

71 也说决斗

什么是决斗？字典上说，决斗是过去欧洲流行的一种风俗，两人发生争端，各不相让，约定时间地点，请来证人，彼此用武器格斗而一决胜负。

据说，诗人普希金就是在这样的决斗中，以年仅38岁的生命为代价死在丹特斯的枪下，相传这是一场不公平的决斗。但在当时，这种决斗很正常。第一，决斗前，双方知道决斗的目的。第二，确定了决斗的日期，双方都有充分准备的时间。第三，请双方同意的证人见证，不搞阴谋诡计。第四，决斗不分卑尊贵贱，机会均等。

决斗方式野蛮，为现代社会所不容。但细观决斗，从另一个层面讲，决斗虽残忍却公平。如果我们把决斗的范围扩展，把双方之间的各种不和谐过程都称之为决斗过程的话，那么，“正大光明”精神是否都贯穿于所有决斗过程呢？

应该说，今天西方国家已经没有这种血腥的决斗了，但稍加留意便可发现，西方人的日常生活和思维方式，仍然能看到昔日决斗的些许影子——仅仅是影子而已。例如体育竞赛、议员竞选、总统选举等，都是展示决斗精神的现代战场。

人为什么要决斗？

梳理人间所有不和谐，“感情、名誉、利益”无疑都是重大、敏感的人事不和谐诱因，即发生决斗的渊源。显然，决斗的不可避免是人的动物本能使然，即使在现代社会有各种法律的管控，当人的基本欲望受到伤害时，决斗就必然会发生。为了与过去的血腥决斗相区别，我们可以把此处所指的决斗场面叫“变相决斗”。

那么，决斗有哪些特点呢？

一是扩大化。

“斩草除根”是中国著名的成语，却也是决斗扩大化最普遍、最残酷的办法之一。道理很简单，既然要决斗，就是你死我活，决斗双方必定旗帜鲜明地要将当事人以及与当事人有关的人的生命一次性地予以消灭，决斗才算真正结束。决斗扩大化的一种表现形式为“隔代恩怨”。如果决斗由于各种原因不能做到“斩草除根”，只能演变成旷日持久的恩怨情仇。决斗扩大化之所以臭名昭著，在于它是人与人之间无休止的猜疑、残杀的最大原因，也是造成人与人之间不团结、不合作和社会动荡不安的最大原因。

二是借力发力。

既然是决斗，如何自保是决斗双方都要考虑的问题，经常出现的“借力”正是达到目的的好办法。所谓借力有两种：狐假虎威与借刀杀人，这两种手段都不甚光明。决斗一方图谋“借力”而取胜，说明他不仅不想冒决斗时的风险，还希望给人一副善人的面孔。很多行阴谋诡计的小人往往利用大众心理实现为害他人的目的，借众人之百战不殆力量，达到自己的目的。

三是人身侮辱。

人是爱面子的动物，士可杀不可辱，是有骨气的人的原则。但不善良的决斗者往往会抓住对手的这一弱点，不动刀枪，仅用侮辱，同样可将对方置于必败之境。历史上有很多相关的事件发生。是否用此法，不仅反映了一个人的素质，而且对当事人双方都会产生重要的影响。

四是不平等。

决斗的不平等，主要表现为决斗评价体系的不公平，这也是常态。泛泛讲，封建专制社会平民犯上、官员欺下，往往是犯上必定治罪，欺下有罪却可能无罪。当今社会法律健全，法律面前人人平等，这种现象已少之又少，但也不能说已绝迹于当今社会。

五是中庸。

“和为贵”是中国人十分有价值的处事态度。当双方出现不和谐，如果谁能将各种不和谐事大事化小、小事化了，这人就是值得尊重的人。要达到这样的目的，“中庸”之思维、言行是有用的手段。当然，中庸之思维、言行虽不失为解决问题的有效办法，大多时候却往往因为不能从根本上解决问题，被冠以虚伪与不负责任而受到指责。

总而言之，随着社会的进步，“决斗”已经销声匿迹。但现代“变相决斗”每天都在我们周边发生。它们有光明正大的，也有不公平的。世界上没有任何形式决斗的存在是不可能的。既如此，我们更应该建立健全法治，以法律法规来规范、约束、惩罚各种“变相决斗”，这对人类未来的发展很重要。